AF397522

På andra sidan horisonten

En novellsamling av
Liselott "Lotta" Lindberg

Innehåll:

*Till alla som hänger
kvar och ser efter oss.*

Min Adonis Golem

Jag vet inte riktigt hur det började eller vad som hände, men jag ska försöka berätta:

Sedan det tog slut med min pojkvän hade frilanslivet lyckligtvis hållit mig upptagen de flesta av dygnets vakna timmar (och stora delar av de jag sov med, för den delen). Uppdragen hade haglat in och jag tackade inte nej till något. Mest för att hålla mig upptagen och slippa alla tankarna som annars sipprade in. Så gick ett större projekt i stöpet i sista sekund, då stod jag där utan planer de närmaste veckorna med tankarna som knackade på: "du kommer aldrig träffa någon igen, du är ful och värdelös. Hur kunde du sabba något som var så… bra?… någon gång ibland i alla fall."

Jag behövde något att göra, alla kompisar jobbade så klart och det närmaste jag kom att träffa någon var ett prel-bokat fika om två veckor med två kompisar. Jag fick skylla mig själv som hade varit begravd först i exet och sedan i jobb. Vad gör man nu då? Ett stort projekt var precis vad jag behövde. Jag ville verkligen jobba med händerna, inte bara sitta framför datorn så jag letade fram den där gamla leran och började forma den. Först gjorde jag en liten sko, sedan en liten rolig sköldpadda men jag behövde något större.

Ibland vet man inte var inspirationen kommer ifrån, ibland känns det inte som inspiration utan mer som att man blir besatt. Så när idén slog mig fanns det bara en sak att göra: beställa hem mängder med lera, ett robust stativ och verktyg. Klart det blev dyrt, men att begrava sig i arbete i månader hade gjort att jag hade dragit in mer pengar än vanligt och inte heller haft tid att spendera dem. Jag började röja undan i sovrummet och allt var färdigt när leran kom redan redan dagen efter. Jag tackade gudarna för 'till dörren leverans' av den tunga leran. För att få plats med allt hade jag vikt upp sängen stående mot väggen och förberett golvet med plast.

Att montera ställningen till min skulptur gick smidigt, trots att det var länge sedan jag gjort det. Jag drog igång en lång spellista och bredde en macka. Medan jag åt tittade jag på pallen med lera som nu stod i mitt sovrum, hade jag helt tappat det? Strunt samma. Var det här starten på mitt livs höjdpunkt eller mitt lägsta? Tiden fick utvisa, tänkte jag och torkade händerna på byxorna. Jag slet upp det första paketet med lera och satte igång.

Jag var helt slut på kvällarna, skulpturen tog tid. Inte minst för att jag hade fuskat och inte ritat igenom den helt innan, så jag fick ofta gå tillbaka och göra större ändringar, bryta av en arm för att hela ställningen var i lite fel vinkel. Kanske borde jag förbanna mig själv för mitt dåliga grundarbete och slarviga process, men i stället bara fortsatte jag framåt och såg hur skulpturen tog form. På kvällarna värkte händerna och kroppen som bara var van att sitta vid datorn, jag hade träningsvärk i muskler jag inte visste fanns. Jag sov på soffan och åt när jag var hungrig. Dygnets timmar flöt ihop.

Skulpturen började närma sig klar men jag ville inte sluta jobba på Honom. Ja, skulpturen hade gått från ett "den" till "honom". Det kändes som jag hade lärt känna någon under processen, en mystisk man som på ett sätt kändes som en gammal vän, på ett annat som en total främling. Vem var han? Jag visste inte, men jag ville veta. Det enda som hade ändrats flera gånger under processen var hans ansikte. Bilden jag hade inom mig var svår att fånga i verkligheten Jag fortsatte smeka vecken på hans kläder med min mjuka gummiskrapa, till slut kunde jag inte göra mer utan sjönk ihop i en hög bredvid den nu nästan två meter höga skulpturen. Klockan var långt efter midnatt, men ännu inte gryning. Jag slet åt mig lite smutsiga kläder som låg på golvet och knölade ihop till en kudde och somnade direkt.

När jag vaknade hade solen gått upp, leran på händerna hade stelnat till den grad att jag knappt kunde röra fingrarna. Jag tittade upp på mitt mästerverk, han var fantastiskt vacker men jag var fortfarande inte säker på om det var mitt livs höjdpunkt eller ett lågvattenmärke.

Jag såg mig runt i sovrummet ordentligt för första gången på flera dagar och konstaterade att det förmodligen var ett lågvattenmärke, hela sovrummet var täckt i lerstänk. Jag doppade händerna i hinken med vatten för att mjuka upp leran samtidigt som telefonen ringde. Jag hoppade till och lyckades välta hela hinken med vatten över golvet. Det måste varit då något hände. Tio liter vatten på golvet är jättemycket vatten och det spred sig snabbt i hela lägenheten. Av någon anledning svarade jag i telefonen först, telefonförsäljare. Jag kastade på luren. Jag försökte rädda all elektronik ur vattnet men något sprakade och hela lägenheten blev tyst och mörk. Fan.

Vad tar man först? Vattnet eller elen? Om jag inte fick bort vattnet så skulle ju elen gå igen, så jag började lägga ut handdukar för att begränsa spridningen. Det gick sådär och när jag la dom fina handdukarna jag fått av mamma i julklapp i det leriga vattnet började jag inse katastrofen, det här skulle innebära förluster. Pengar som bokstavligen flöt ut över golvet i en lerig sörja. Samtidigt, det var ju bara materiell skada. Allt skulle nog gå att ersätta. Jag fick torka golvet i lägenheten många gånger för att få bort den leriga hinnan som det geggiga vattnet lämnat efter sig.

Jag tog mod till mig och återställde jordfelsbrytaren, sedan höll jag andan, skulle allt fungera? Ljuset blinkade igång och allt verkade normalt, när jag plötsligt hörde ett sprakade ljud från sovrummet följt av ett gällt skrik. Jag stelnade av skräck. Jag letade efter vapen, hur långt kommer man med en blöt mopp? Jag såg verktygslådan och rotade fram morakniven jag fått av pappa. Jag smög ut ur förrådet och tittade runt i lägenheten, den var ju ganska liten så det gick ganska fort. Men när jag kom till sovrummet hörde jag att någon var där inne. Hjärtat rusade. Jag höll hårt i kniven när jag försiktigt kikade förbi dörrkarmen. Skulpturen var borta. Vem fan hann få ut det åbäket? Den gick ju inte ens genom dörrhålet utan hjälp. Jag kikade vidare i rummet och där stod skulpturen och sträckte på armar och ben. Han såg ut att stretcha. Vad gör man? Ringer man polisen? Prästen?

Någonstans längs vägen hade jag börjat kalla honom Adde, efter Adonis, ni vet, han greken som var så snygg att till och med Afrodite blev kär i honom. Den här Adde var inte riktigt lika snygg, jag var inte tillräckligt bra på att skulptera. Han rörde sig lite märkligt, det märktes

                                                   Liselott Lindberg

att han inte hade ett vanligt skelett utan bara stålrör för stabiliteten. Han stapplade omkring i rummet och såg sig förvirrat omkring. Han började hosta och harkla för att senare spy upp en större lerklump i hinken som jag tidigare tippade ut över golvet. Jag fortsatte betrakta honom när han likt ett barn upptäckte sina armar, ben och fingrar.

Shit. Vad har jag gjort? Lever han/den? Vad betyder det? Laglig status? Hur fan gick det till? Vad gör det här mig till? Är jag Pinocchios snälla pappa? Dr Frankenstein? Vad?

Som tur var hade han inte upptäckt mig än. Men så klart, precis när jag tänkte tanken vände han sig om och tittade rakt på mig med leriga ögon.

"Vad fan har du gjort?!" skrek han. Jag gömde mig bakom dörrkarmen. Visste inte riktigt vad jag skulle svara på det. "Kom fram därifrån ungjäkel! Vad har du och dina prinskorvar* ställt till med den här gången?!" Jag kände igen rösten och tittade fram.

"Farmor?" sa jag förvånat av ren känsla, helt utan att lyssna på mitt förnuft.

Efter lite inledande förvirring lugnade Adde/farmor ned sig.

"Men vad gör du här?" frågade jag. Hon satte sig i soffan och lämnade ett lerigt avtryck, något hon inte brydde sig om, det hade hon aldrig gjort.

"Jag tittar förbi ibland och kollar hur du har det men så hade du gjort den här lerkillen. Är det inte bättre att du skaffar en riktig pojkvän än det här?" Hon lät väldigt besviken. "Vad är det ens för magrutor som syns genom tröjan? Gumman, för helvete." Jag böjde ner huvudet och rodnade. Farmor fortsatte: "Jag stod och tittade på honom, sedan kom en blixt och jag fastnade i lerklumpen och verkar inte komma vidare." Jag var chockad att få träffa farmor igen efter alla dessa år. Jag hade trott att jag inbillade mig när jag kände hennes närvaro, men kanske inte. Tanken tröstade mig.

"Hur har du haft det?" frågade jag.
"Alltså det är rätt soft, jag drar runt och håller koll på er."
"Skäller på oss som vanligt? Fast vi inte hör?"

*slang för små, knubbiga fingrar

”Åh, ni hör. Tro inget annat.” Jag tvivlade inte en sekund, jag hörde ofta hennes hårda men kärleksfulla ord i huvudet.

”Hur är det med dom andra? Mina kusiner?” Jag visste redan vad svaret skulle bli.

”Men du får väl för fan lyfta luren och kolla?!” Tänk att vissa saker aldrig ändrades. Men det var förvirrande att se farmors välbekanta gester på en stel muskulös lerfigur. ”Men ring Stig först.” sa hon lågt. Min farbror hade ärvt farmors temperament och bodde ensam.

”Ska jag hälsa någon nåt? Dom kommer inte tro mig och tycka jag är knäpp…”

”Det gör dom redan.” avbröt hon och skrattade sitt vanliga hjärtliga skratt med ett extra gurgel. Jag kunde inte låta bli att le, det högg till av saknad att träffa farmor. Jag hade tillbringat alla somrar med henne i stugan tillsammans med mina kusiner när jag var liten. Mina minnen var av helt obekymrade somrar fyllda av kanelbullar och saft som kittlade på tungan för man måste dricka upp förra säsongens först, även om den är jäst. Vi brukade bada i sjön som låg nära. Hon började skruva på sig.

”Jag tror att jag håller på att torka.” sa hon. Jag hämtade en hink vatten och började torka henne försiktigt med en blöt trasa. Bakom det nu mer lite deformerade ansiktet såg jag hur hon log sorgset. ”Här kan jag nog inte stanna. Det känns som att om jag torkar kommer jag fastna här i. Har du några förslag?” Jag ville inte att hon skulle gå och min underläpp började skaka lite. Hon klappade mig på kinden med sin kladdiga lerhand. Hon passade även på att dra den genom mitt hår så jag fick lera i det som skulle ta dagar att få bort. Jag harklade mig och hon tappade ett finger.

”Om du inte vill torka kanske vi gör tvärt om, blöter upp dig?” sa jag och torkade en förlupen tår med baksidan av handen och kände att jag blev ännu lerigare.

”Hur då?”

”Badkaret. Vi tappar upp ett varmt bad så får du njuta av det, det vet jag att du gillar, samtidigt löser vi upp leran och du borde lossna ur leran.”

”Bra plan gumman, för nu har jag tappat tre fingrar här och ena foten verkar sitta på svajjen. Ska armar röra sig på det här sättet?” sa hon och rörde sig som en blandning av en robot och gyttjebad. Jag la huvudet på sned, det här var inte bra för någon.

                                    Liselott Lindberg

"Jag går och tappar upp badet." sa jag. "Men först en bild, så jag får komma ihåg dig." Hon fortsatte röra armarna konstigt, ett finger till ramlade av. "Kanske en film." sa jag fundersamt. "Säg något roligt farmor!" sa jag och filmade henne. Hon stapplade runt och svor högljutt åt kameran medan vi skrattade så vi vek oss.

Det gick ungefär som planerat, farmor njöt av det varma badet, leran löste upp sig och det hördes ett plopp och ett gurgel när hon lossnade ur klumpen. Jag inbillar mig att jag såg precis när det hände, det kändes som leran tappade sitt liv. Det jag kanske inte helt hade tänkt igenom var det faktum att jag nu hade ett badkar fullt med blöt lera. Jag började med att plocka ur järnrören. Vad gör man nu? Jag kan ju inte spola ner det, då pajar avloppen i hela huset, det låter jättedyrt. Det enda jag kom på var hinkar. Jag hörde hur farmor förbannade mig och skrattade åt mig på sitt eget sätt, jag log åt henne lite.
"Jag vet farmor, men jag fick ju ut dig i alla fall!" sa jag rakt ut i luften. Jag kände att hon lyssnade och slog mig lätt i bakhuvudet. Jag sprang ner på ICA och köpte alla typer av hinkar jag hittade, jag fick gå till alla butiker i närheten för att tömma deras lager av hinkar och större burkar.

"Va fan håller du på med?" frågade Stig och tittade på den leriga lägenheten och alla hinkarna med lersörja som stod likt en hinderbana över hela lägenheten. Jag hade ringt honom och han bjöd in sig själv på middag, han tog med pizza.
"Det är en lång historia." svarade jag.
"Det är lugnt." sa han med en ovanlig glimt av farfars lugn. "Jag har tid."

~ Slut ~

"Isabellas prövningar"

Isabellas inre prövningar

Karin hade arbetat på avdelningen för utredningar i Isabellas medvetande i fem år. Sedan Stickan gick i pension i höstas är hon senior, det är inte utan att hon är lite nervös över det ibland, men försöker hålla minen och lita på att hon vet vad hon gör. Som tur är Isabella en ganska enkel person, det mesta är logiskt styrt och uppdragen Karin får går ofta att lösa genom logik. Denna morgon var dock annorlunda.

"Vi har en kod röd." sa chefen när de satte sig ner på morgonmötet. Karin spetsade öronen.

"Vad är det?" sa den pratiga praktikanten som Karin i hemlighet hoppades att hon skulle bli av med väldigt snart. Chefen, som åtminstone utåt var professionell, svarade tålmodigt på praktikantens fråga mitt i krisen.

"Det är när vi har ett mer eller mindre plötsligt påkommet tillstånd som påverkar alla Isabellas funktioner. Karin, du får ta lead på den här. Släpp alla andra saker."

"Absolut, var ska jag börja?" Svarade Karin.

"Isabella har panik över att hon inte kan koncentrera sig och har en viktig presentation imorgon. Hon har mycket att göra, men får inget gjort." Karin blev lite bekymrad. Man får så klart en väldigt nära relation till personen vars medvetande man är en liten kugge i och hjälper till att styra.

"Ajajdå, är det skateboard läge?"

"Absolut." svarade chefen och nickade åt henne att det var läge att ge sig av direkt, inte vänta på att mötet skulle vara slut. Karin reste sig så hastigt att stolen trillade med en smäll och blev lite chockad. Chefen log lite stelt. "Det är lugnt, gå du, han fixar det." sa chefen och pekade på praktikanten som satt och petade sig i näsan. Karin rusade ut. "Vad ska vi hitta på till dig då?" sa chefen lågt till praktikanten. Praktikanten tittade upp från sina snoriga fingrar med ett förvirrat:

"Va…?" Chefen tittade trött på praktikanten och kunde inte låta bli att sucka ljudligt.

*   *   *

Karin älskade snabba uppdrag och här skulle det gå undan. Hon hade mindre än 24 timmar till presentationen. Hon var snabb in på sitt kontor, hämtade hjälmen och skateboarden och satte fart längs korridorerna i Isabellas medvetna. De var ovanligt tomma. Karin skatade runt, en av hennes första stopp var på avdelningen för högre tänkande, logiken. Det var en stor avdelning för Isabella. Där var det helt tomt. Karin gick fram till receptionen där det satt en kvinna och förstrött, filade på naglarna och tittade på serier på sin mobil.

"Var är alla?" Receptionisten tittade trött upp på Karin med en blick som sa "är du dum eller?" och "Gå härifrån" samtidigt som hon pekade med nagelfilen tvärs över den stora ljusgården till biografen. "Tack!" svarade Karin och kastade sig på sin skateboard och swischade fram genom de tomma korridorerna.

Biografen var ovanligt aktiv för att vara mitt på dagen, det doftade popcorn och det kom snabbt fram en värd till henne.

"Vad vill du se idag?" frågade värden och log stort och serviceinriktat mot Karin. Karin var alltid skeptisk när någon var för trevlig.

"Vad har du att erbjuda?" Det var som att dra ur proppen ur badkaret och personens leende blev ännu större.

"Jo, i salong 2 och 3 så har vi allmänna dagdrömmar, 4 och 5 framtidsscenarier där salong 4 visar romcom och 5 är skräck." Här började personen viska lite hemligt och fnittra: "I salong 6 har vi barnförbjudna dagdrömmar." Fnitter, sedan paus för att sedan samla sig "och i stora salongen, salong 1 kör vi repris på minnen vi minns. Igen. Det är ganska fullsatt i alla salonger, speciellt för att vara den här tiden, men du är välkommen in och sätta dig var du vill. Vill du ha popcorn?"

"Eh, nej tack..." sa Karin och började gå runt i biopalatset som vanligtvis bara visade någon enstaka matiné medan Isabella åkte buss på väg till jobbet och tittade ut genom fönstret. I alla salongerna var det i princip fullsatt, det fanns alltid plats för fler, det var så rummen fungerade här. Större delen av den logiska högre tänkande avdelningen satt djupt nedsjunkna i sina säten i salong 6 tillsammans med ett gäng hormoner. Hon skakade på huvudet och återvände till kontoret.

*　*　*

"Okej, så jag har hittat vart alla tagit vägen. De sitter på bion och kollar på... lite olika föreställningar." Chefen såg bekymrad ut.

"Ah, förstår..."

"Vad gör vi nu? Det här har aldrig hänt förut. Hur får vi tillbaka dem?"

"Skrev Stickan något om det i sin överlämning?"

"Nej, jag kan den utantill vid det här laget. Han nämnde inget." Chefen kikade ut genom fönstret på sitt kontor och tittade på praktikanten utanför, inte rätt person att ta med sig på viktiga uppdrag.

"Har du varit i det undermedvetna förut?" frågade chefen.

"Nej, det ligger utanför min behörighet."

"Vågar du gå ner dit själv om jag ger dig behörighet?" Karin blev lite pirrig och upphetsad.

"Ja, det ska nog gå bra." sa hon och försökte att inte studsa upp och ner av förtjusning.

"Jag hade helst velat att du hade någon med dig, men alternativet ser inte så bra ut, just idag." sa chefen och tittade på praktikanten igen som hade problem med ett papper. "Stig sitter nämligen där nere och fikar mest under dagarna, han har sagt att vi får störa om vi har några frågor." Chefen tittade allvarligt på Karin. "Är du säker? Du får absolut inte röra något där nere och du får inte behörighet till alla utrymmen."

"Det går bra!" sa Karin med ett leende. För ett ögonblick kände hon sig, på riktigt, viktig och uppskattad.

"Toppen! Ingen skateboard där nere, var försiktig, rör inget. Och följ instruktionerna du får. Hälsa Stickan. Stig menar jag."

"Absolut!" sa Karin.

"Och ät något lätt innan du går, en tung lunch kan göra sig påmind i den där hissen." sa Chefen med en min som vittnade om dåliga erfarenheter.

"Visst! Jag tar en sallad i matsalen!" sa Karin.

"Var försiktig nu…" sa Chefen.

"Alltid!" ropade Karin redan halvvägs ner i korridoren.

*　*　*

Karin hade alltid velat testa den där hissen, från utsidan ser den väldigt anspråkslös ut. Som vilken liten hiss som helst, fast med passerkortsläsare. Hon gick nervöst fram till läsaren, blippade kortet och tryckte med darrande finger på pil nedåt. Utanför hissen spelades det lite lugn musik som snarare gjorde henne stressad medan hon väntade. Tillslut kom det: Plinget. Ding! Och dörrarna öppnades. Hon tryckte på knappen nedåt, det fanns visst bara en våning nedåt (som hon såg) och hon fick blippa sitt passerkort igen. Hissen var väldigt liten, om tre personer stod i den var det intimt och obekvämt, som tur var, var hon ensam. Hon hann precis börja fundera på vad chefen hade menat med att lunchen gör sig påmind, när golvet verkade försvinna och det kändes som hon svävade fritt. Hon tittade ner men golvet var kvar. Hon halvsvävade i hissen i 30% skräck och 70% förtjusning. "Mjuka knän!" sa en mekanisk röst från hissen och hon böjde lite på knäna och gjorde en felfri landning. Pling och dörren öppnades. På darriga ben och med ett stort leende på läpparna gick hon ut ur hissen. Karin tittade sig runt, det enda hon kunde beskriva rummet som var oorganiserat.

Hon möttes av ett vänligt ansikte bakom en receptionsdisk.

"Ah, en sån som gillar hissen. Det brukar vara antingen eller, därav hinken, sa receptionisten och pekade på en hink som stod precis bredvid hissen. "Vad kan jag hjälpa dig med?" Karin tog ett djupt andetag och samlade sig.

"Jag heter Karin, från Utredningsenheten i Medvetandet, jag söker Stickan. Förlåt, Stig, han är tydligen här en del."

"Åh, Stickan, vilken mysfarbror han är!" svarade receptionisten till Karins förvåning, det var inte alltid så hon hade uppfattat honom när de jobbade tillsammans. Men det är klart, man kan ju vara olika personer på jobbet och efter. "Han hänger ofta i det nostalgiska rummet med två damer och dricker te, problemet med det här stället är att vi inte alltid vet var rummen ligger, de flyttar på sig. Det ligger i ställets natur." Karin blev lite orolig, hon ville ju inte bli fast i någon mörk korridor och aldrig hitta tillbaka. Hon mindes från introt att hela världen där uppe, där hon hittar bättre än de flesta, är bara en bråkdel av här nere. Stället var enormt och inte heller helt kartlagt. "Ett ögonblick så ska jag se att du får någon som följer dig." sa receptionisten när hon såg Karins panik. Karin blev genast lugnare när receptionisten lyfte luren och anropade någon. "Jens kommer snart." sa hon vänligt.

"Åh, toppen, tack så mycket!" sa Karin lättat. Jens var en man som inte såg ut att heta Jens, han såg mer ut som Lurch från the Addams Family. Väldigt lång, smal i kritstrecksrandig perfekt struken kostym och gick med tom blick och döda steg.

"Här är Jens, har du några frågor kan du ställa dom till honom. Men han svarar oftast inte." sa receptionisten med ett glatt leende. Karin log nervöst tillbaka. "Häng med, han är snabbare än han ser ut!" sa receptionisten och pekade mot porten Jens försvunnit genom. Karin satte efter så fort hon kunde. Nu hade hennes skateboard verkligen kommit till nytta, men med tanke på hur stökigt det var i korridorerna förstod hon varför det var en dum idé. Lite överallt låg tjocka böcker utspridda, de var dammiga minnen förstod Karin. Det blev större och större boktravar i den smala korridoren som plötsligt öppnade upp sig i ett gigantiskt bibliotek med mängder av små, stressade bibliotekarier som sprang runt och letade efter saker. Karin tvärnitade och blev stående med öppen mun där hon såg sig omkring.

Det var högt till tak och hon såg inte slutet åt något håll. Jens/Lurch brydde sig inte om att vänta in henne, så hon fick springa ikapp honom igen. I rummet precis bredvid minnesbanken låg luktcentrum, och alla andra sinnena. Det såg ut som en gammaldags växel med rader av personer som satt och tog emot vad som såg ut som samtal och stoppade in kontakter på mer eller mindre rätt ställe på konsoler framför dem.

Där var en febril aktivitet och alla såg upptagna ut förutom i ena hörnet där det satt någon som såg ut att vara deras praktikants motsvarighet. Ah, personen var en del av hörselavdelningen, Isabella hörde lite dåligt ibland, detta var förklaringen alltså.

Efter sinnesrummet låg de automatiska processerna, de som styrde allt som gick automatiskt. Som att äta, gå och tala. Här stod det rader med rader av robotar som utförde olika processer och skickade kommandon. Man såg in i rummet via ett stort fönster och det var det första stället här nere som såg ut att vara obemannat och sterilt.

Tillslut smalnade korridoren av, den blev mörk och hade röda mjuka väggar som kändes som att de hela tiden kom närmare en. Den kantades av många små dörrar som alla såg olika ut, vissa var ståldörrar med hög säkerhet, andra små söta dörrar som stod på glänt att kika in i. Känslor. Jens/Lurch stannade framför en av dörrarna och pekade på den. Dörren var en trädörr av äldre modell med fina snickeridetaljer och flagnande färg. Karin knackade på och innan hon visste ordet av hade Jens/Lurch försvunnit. Efter en stund öppnades dörren och en doft av kaffe och nybakta bullar strömmade ut tillsammans med ljudet av muntra röster och gamla härliga låtar.

"Välkommen gumman!" sa den äldre damen som öppnade dörren. "Vi har väntat på dig! Jag heter Ulla och det här är Greta. Och här är Stig som du känner sedan tidigare." Greta och Stig avslutade precis sitt samtal och brast ut i stora leenden när de såg Karin.

"Nämen hej!" rummet var ganska mörkt men trevligt, en grammofon skrapade i ena hörnet. Där fanns ett fönster med utsikt över en blomsteräng. Hela rummet doftade nostalgi.

"Visste ni att jag skulle komma?" sa Karin förvånat.

"Här nere är inget en hemlighet, väggarna kanske ser massiva ut, men har du sett taket?" Karin hade inte haft tid att titta upp. Taket var fyllt med tunna, lysande nervbanor med blinkande impulser som gick kors och tvärs. Karin gapade.

"Så vad har du fått för ärende?" frågade Stig efter en stunds småprat.

"Ja, Isabella kan inte tänka ordentligt och chefen har satt mig på att ta reda på varför."

"Såå… vad är din teori så här långt?" frågade Stig som visste att han hade drillat sin lärling till att lösa det här.

"Ja, alla har samlats i bion och alla filmer handlar om samma kille, hela logiska avdelningen sitter och fraterniserar med hormonerna…

Jag skulle gissa att hon är kär?"

"Precis!" sa Stig, stolt.

"Men, det har hon inte varit förut, inte på det här sättet?"

"Det stämmer, spännande tider. Du får vara med om något historiskt och sitta på första raden. Visst är det häftigt?"

"Jo, verkligen… Men…" började Karin. Stig spelade dum.

"M-hm…?" sa han frågande.

"Hon har en presentation imorgon och kan inte få honom ur sitt medvetande. Så jag hoppas att du eller någon här nere kan hjälpa till på något sätt." Stig kliade sig lite på hakan.

"Mmm… så vi behöver en nödåtgärd?"

"Precis."

"Några idéer?"

"Hittills har jag bara kommit på att gå in med en kofösare i bion och elchocka alla till att jobba igen. Men jag tror det strider mot arbetsmiljöreglerna." Stig skrattade ett härligt bullrigt skratt.

"Ja, men det var en kreativ idé! Har du några fler?" Karin funderade och lutade sig lite mot ett gediget träbord med en virkad duk på och nyplockade blommor i en liten vas i mitten.

"Kan vi kanske locka ut dem istället för att straffa ut dem?" Stig var förvånad.

"Ingen dum idé. Vad vill de ha då?"

"Just nu bara mer film och klipp på den här killen."

"Han heter Daniel." sa Ulla med rosiga kinder och fnittrade ikapp med Greta.

"Dom har hållit på sådär i en vecka. Ända sedan det där stora leendet." sa Stig och lät faktiskt lite avundsjuk och skakade på huvudet.

"Kan vi sätta upp en duk i kontorslandskapet, så dom kan åtminstone sitta på sina platser och jobba i pausen?"

"Ja! Det blir bra. Då är det åtminstone lättare för dem att komma tillbaka i logikläge och börja jobba om de inte måste lämna bion. Bra idé där Karin!" sa Stig och var ärligt stolt över sin lärling.

"Ja, jag tänkte att allt är bättre än det är nu…" Karin tänkte snabbt vidare till nästa steg. "Åh, då måste jag sticka! Måste till chefen och berätta åtgärdsplanen!"

"Eller." Sa Stig. "Så går vi till Link och du skickar ett meddelande." Nu blev Karin genast lite starstruck. Link var personen som skötte kommunikationen mellan det undermedvetna och medvetandet. Karin hade bara läst om henne tidigare.

"Gärna!" sa Karin och blev lite generad.

"Ses senare tjejer!" sa Stig till damerna och hasade förvånansvärt snabbt iväg längs korridoren. Vid det här laget var Karin helt lost i korridorerna och var tacksam för Stigs guidning.

* * *

Link såg för det första inte ut som de flesta andra. Hon hade fler armar. Eller egentligen hade hon bara två, men ofta rörde de sig så fort att det såg ut som hon hade jättemånga. Hon hade en cigarett i mungipan vars rök letade sig upp i ögonen så de var konstant irriterade. Hon tittade upp men slutade inte jobba när de kom in. Rummet såg ut som en rörig it-avdelning med reservdelar som låg överallt på bänkar och en stor konsoll i mitten som liknade något ur Star Trek.

"Ah, Karin va?" sa Link.

"Ja…" sa Karin försiktigt.

"Du får formulera meddelandet, jag skickar och sedan kan ni luta er tillbaka. Tror att det här kan gå fort." sa Link.

"Det måste gå fort." sa Karin oroligt. "Presentationen är om bara några timmar och vi har så mycket kvar att göra. Se bara." sa Link och nickade nästan osynligt mot dörren. En grön tjock sörja hade börjat leta sig in genom dörrhålet.

"Stress." viskade Stig till Karin.

Uppe i medvetandet satte chefen genast praktikanten i arbete med att hänga upp filmdukar i logik-rummet. Han var inte bra på mycket, men det praktiska hade han lite fallenhet för, det erkände chefen gladeligen. Även om han pratade hela tiden. Alla filmer visades på stora dukar, men den från salong 6 fick visas vara på en tjock-TV som stod i ett hörn på en sån TV vagn med VHS från 80-talet. Det var tillräckligt för att locka åtminstone hälften av medarbetarna tillbaka till sina platser.

* * *

Presentationen började ta form och Isabella lyckades (med hjälp av Karin, Link, Stig och alla tusentals andra i hennes inre maskineri) trycka undan tankarna på Daniel tillräckligt för att få något gjort. Hon kunde erkänna att tanken på att Daniel skulle vara en av dem som såg presentationen gav henne en extra liten spark i baken.

*   *   *

När det började närma sig det stora mötet, där Isabellas presentation var en del, samlades alla deltagare utanför ett stort konferensrum. I Isabellas inre var det en spänd väntan, alla, inte minst Karin satt på nålar och tittar på en livestream över vad Isabella ser. Isabella har så klart stenkoll på var Daniel finns men försöker att inte stirra. Isabella och Daniel ser på varandra genom den lilla folkmassan och ler åt varandra. I Isabellas inre går en okontrollerbar våg av jubel och konfetti av.

Mötesrummet blir ledigt och det väller ut personer som är sammanbitna och klagar på luften i rummet. Isabella hälsar på ett par av dem i förbifarten.

"Lycka till där inne!" fick hon från en kollega hon brukade prata och luncha med.

"Tack!" viskade hon tillbaka.

De nya mötesdeltagarna började fylla rummet och någon klok öppnar ett fönster. Isabella sätter sig på ena sidan om det stora konferensrummet, ganska nära huvudändan för att hon enkelt ska kunna gå fram. Daniel tittar var hon sätter sig och tränger nära och föser undan Barbro, som hade svårt att gå efter en ganska omfattande operation nyligen. Leendet på Karins läppar falnade lite.

"Vad gjorde han just?" frågade Karin ut i rummet, hon satt tillsammans i ett annat konferensrum med chefen, praktikanten och några övriga från avdelningen. Skateboarden var med och Karin var redo för vad som helst. Utom kanske just det här.

"Vi såg fel va?" sa chefen. "Vi ser vad som händer."

Isabella tittade sig runt i rummet, det fanns inga fler stolar lediga, förutom borta i ena hörnet. Det jobbades febrilt både på logik men framförallt den emotionella avdelningen. Här var det högt och lågt.

"Hade han precis snott en stol från någon som knappt kunde gå?", "Hur får vi Barbro att sitta så bra och så fort som möjligt?" och liknande frågor rusade runt i Isabellas inre.

"Barbro, vet du vad" sa Isabella. "Du kan sitta här, jag har ändå fel glasögon på mig, så jag ser bättre därifrån." sa hon och reste sig fort och drog ut stolen till Barbro. Barbro hade i hela sitt liv varit den personen som stått stadigt på jorden, sprungit överallt och inte tog emot fördelaktig behandling, men just idag sa hon inte nej till en stol.

"Tack gumman." viskade hon och bekräftade att ja, Daniel hade nog snott stolen. Isabella satte sig på stolen i hörnet och höll Daniel under uppsikt under mötet. Detta var hennes första riktiga möte med honom då de jobbade på olika avdelningar. Han vägde på stolen. Kollade mobilen. Gjorde allt utom att lyssna på mötet. När han dessutom avbröt en av presentationerna för att ställa en fråga som redan besvarats och sedan titta på Isabella för att se om hon var imponerad så var det sista spiken i kistan. Karln kunde inte bete sig.

Isabellas presentation gick bra, hon hade inga problem med att få alla medhjälparna i hennes inre att göra det de skulle. När det väl gällde, färdades alla åt samma håll.

Däremot när hon satte sig vid sitt skrivbord igen och kunde reflektera över vad som hänt, då såg hela hennes inre värld annorlunda ut. I Isabellas inre hade det tagit exakt 0,05 sekunder när det rosa glittret väl trillade till marken. Lamporna tändes i biosalongerna och det enda som hördes var de gamla filmrullarna där filmen för varje varv slog mot projektorn i kontrollrummet. Kvar av Daniel i Isabellas inre var endast rester av popcorn, rosa glitter och godispapper på golvet. Tillsammans med en överhängande känsla av vemodighet. Imorgon blir det städdag. Men inte just idag.

~ Slut ~

Författarens noter till Isabellas inre prövningar:
En tidigare versionen har publicerats på min hemsida och fick två (2) visningar. En av dem var mamma, den andra var förmodligen jag som kollade om det funkade.

Anna och Frejnor

Anna vaknade innan väckarklockan i mobilen ringde och kände pirret i magen, det var idag det skulle hända. Hon klev upp ur sängen med ett skutt, det var lite som hennes julafton. Högtiden, som inte direkt var en festhögtid, kallades Frejnor. Speciellt den här gången skulle hon njuta i fulla drag, hon hade varit singel så länge och haft dåligt självförtroende den senaste tiden, då kom den här dagen väldigt lägligt.

Hon hade känt på sig i flera dagar att något var på gång, hennes farmor hade tidigt lärt henne känna igen alla tecken. Nu var det så uppenbart att hon nästan kände det på lukten. Hon tyckte lite synd om alla som inte visste hur världen fungerade, de gamla lärorna hade hjälpt henne mycket genom åren för att förstå sig själv och världen runt henne. Ibland ville hon bara skrika från takåsarna hur det låg till men hon visste att det inte var en bra idé.

Kläderna hon skulle ha på sig hade hon lagt fram redan för en vecka sedan, hon kastade sig in i duschen och kände leendet sprida sig över hela ansiktet. Årets bästa dag. Namnet Frejnor kom från de nordiska gudarna, det var denna dag som kärleksgudinnan Frej och Nornorna som väver ödets väv tar sig ett (antal) glas vin tillsammans och kastar tärning. Vad som helst kunde hända.

Det var tiden för äppelpaj, lingon och kantareller. Anna kände hur naturen gjorde sig redo för vintern. Den skulle bli mild och våren skulle bli kall, det såg Anna redan. Hon var alltid förvånad att andra inte gjorde det. För tvåhundra år sedan hade hon kallats häxa, idag tänkte hon inte ens på det ordet. Det var bara att mormor hade lärt henne massa smarta knep på hur man läser naturen och traditioner för olika saker. Liksom andra drack honungste när de var förkylda malde hon ekollon för värkande leder. Dagen inföll bara varannan eller vart tredje år och alltid i mitten av oktober i Norden även om företeelsen finns över hela världen vid olika tidpunkter. Det var denna tidpunkt som egentligen hade inspirerat alla hjärtans dag, hur den hamnat i februari visste hon inte, förmodligen för att handeln behövde något mellan jul och påsk. Rent tekniskt kunde man inte sätta datumet i förväg, det blev bara uppenbart när dagen närmade sig. Det var flera starka krafter som byggde upp det; parningsinstinkten gick på högvarv, det var perfekt att föda barn nio månader senare under sommaren, då hade de störst chans att överleva. Stjärnorna spelade roll men framförallt månen och den där inbyggda kemin alla varelser har som gör att man bara vet. Som när alla koraller i barriärrevet parar sig under en kväll var fjärde år.

I dagens samhälle syntes inte tecknen för alla, man var fast i projektmöten, dagishämtningar, självförverkligande och ångest. I det dagliga livet och den vardagliga stressen hade man tappat sammanhanget men för personer som Anna var det fortfarande uppenbart. För en del andra var det bara en riktigt bra, eller annorlunda dag. Hon visste att det skulle bli mycket kärleksspritt i kroppen den dagen och hon var noggrann med mascaran och ögonen. Hon kunde inte låta bli att fnittra för sig själv i spegeln.

Tunnelbanan var trevligare än vanligt, ovanligt många hade lagt ifrån sig telefonerna och ägnade sig åt att lyfta blicken och bland annat njuta av höstfärgerna som susade förbi utanför fönstret. Kaffet hon köpte på centralen sträcktes fram med ett stort leende av en ung, snygg kassör som hon naturligtvis log tillbaka mot. Hon hoppades att få se sitt span på jobbet idag, det vore fantastiskt. Hon visste inget om honom förutom vilken avdelning han jobbade och att han var förfärligt snygg, enligt henne, förmodligen inte enligt gängse trender hade hon insett. Det enda hon kunde tänka på var att få dra fingrarna genom det håret, hon hade till och med börjat gilla stickade tröjor och han var den enda hon sett som med stil faktiskt kunde bära upp en fleecetröja.

Det första mötet för dagen var med någon hon aldrig träffat utan bara mailat med. Konferensrummet var minimalt, bara två fåtöljer och ett lågt bord och hon var lite nervös, det var ett viktigt möte och hon hade till och med för ett ögonblick glömt bort vilken dag det var. Det karakteristiska Frejnor pirret som kom med den här dagen dök dock snabbt upp igen så fort de hälsade på varandra. Hon lyckades dock skärpa sig så hon var med på allt som sades, trots att dom satt väldigt nära varandra och tittade varandra djupt i ögonen genom största delen av mötet. Hon kände hans andedräkt och noterade att han satt och skruvade på sin vigselring. Hon tolkade två saker ur det: 1. Det fanns något där, en elektricitet som gjorde honom orolig inför sin fru. 2. Han brydde sig verkligen om sin fru. Anna sög i sig av den tillfälliga bekräftelsen och elektriciteten för att inte tala om all den enorma kunskapen och diskussionerna som skulle vara så viktiga för hennes projekt. Underbart möte!

På eftermiddagen började hon bli ordentligt trött och huvudvärk började smyga sig på så hon begravde sig i arbetet ett par timmar. Hon utgick från att ödets enda plan för henne denna speciella dag var mötet på förmiddagen, men hon log ändå. Efter ett tag hörde hon över kontorslandskapet:

"Anna, kommer du?" Det var chefen som ropade, hon visste inte till vad men gick dit.

"Vad är det?" frågade hon sin kollega.

"Vi har ju planeringsmöte nu."

"Jaha, jag var inte kallad, men ett ögonblick ska jag bara hämta datorn." sa hon. Mötet förflöt som ett ovanligt segt planeringsmöte, när frågan kom till henne hur det gick med hennes projekt blev hon lite ställd, hon hade gärna förberett sig lite, om så bara någon minut så svaret blev väldigt halvdant och sådant gillade hon inte. Hon hade jobbat hårt och kommit långt i projektet, nu lät det bara som att hon hade snurrat på stolen och petat lite i något när hon kände för det. Hon berättade i alla fall att mötet på förmiddagen hade varit väldigt informativt. När det hade gått en timme knackade det på dörren, nästa möte behövde rummet. Anna reste sig fort upp och började sudda tavlan, då hörde hon en röst bakom sig hon inte kände igen.

"Har ni fotat av tavlan innan?" hon stelnade. Var det Spanet? Anna kikade lite över axeln medan hon suddade långsamt; Japp, det var han.

"Jodå" svarade hennes chef "vi är gamla proffs!" stämningen var glad och uppsluppen efter det sega mötet.

"Annars så finns det såna här digitala whiteboards nu för tiden, så får man in allt i datorn direkt." sa Spanet. Vilken bred dialekt han hade. Anna fick fullständigt tunghäfta men som tur var höll chefen låda medan de packade ihop. Anna suddade klart och vände sig försiktigt om, hela vägen ut log hon och spanet mot varandra och hon blev knäsvag. På vägen tillbaka till skrivbordet stirrade hon stint i golvet så ingen skulle se det stora leendet. Frejnor var den bästa dagen på året, alla kategorier.

Resten av arbetsdagen förflöt tämligen händelselöst, hon såg bara bakhuvudet på Spanet en gång. Men hon var ändå nöjd med sin Frejnor.

När kvällen kom var det dags för en av hennes favoritritualer; pajen. Det var en paj som var packad med symbolik, äpplen både för kärlek, sexualitet och fruktsamhet, massa smarriga kryddor och nötter. Alla gjorde sin egen variant av pajen, hon hade valt kokos i sin som fick representera fröet. På Frejnor såddes frön till relationer, till barn, till framtiden. Kokos var viktigt. Hon var på sin lokala butik och hade valt sina äpplen med omsorg och gick med dem i famnen när hon gick runt en hylla mot kokosen. Plötsligt krockade hon med någon som kom runt hörnet. Hon tappade alla äpplen och hann förbanna sig själv för att hon inte tagit en påse, där fick hon för att hon ville vara miljövänlig. Hon böjde sig ner för att börja plocka upp frukten.

"Anna?" Hennes hjärta stannade, hon kände igen den mörka, lite spruckna rösten direkt och tittade sakta upp.

"Nicklas?" Hennes bästa kompis från studietiden och han räknades som "den som kom undan". Det hade tagit henne tre år att komma över

 Liselott Lindberg

honom. Alla minnen flimrade framför henne. Det sista som hände var att de började glida isär när de gått ut skolan, hon berättade att hon var kär i honom och han sa i princip: Jo, jag har förstått det, sedan tappade dom helt kontakten. Det hade förvånat henne eftersom hon tidigare hade känt att de var på väg någonstans tillsammans.

"Vad gör du här?" Frågade han.

"Jag bor här" svarade Anna.

"Jaha! Jag med!"

"Va! Det är ju osannolikt! Var då?" undrade Anna.

"I huset här mittemot, andra porten." svarade han.

"Allvarligt? Jag bor i första porten. Är du nyinflyttad?" undrade Anna.

"Nej, jag har bott här i två år. Du?"

"Fem år faktiskt. Att vi inte har setts tidigare!" Anna misstänkte att hon kanske hade sett honom tidigare, men hon hade trott att hon hallucinerade, hon tyckte ofta att hon såg honom i folkmassor. Hon nämnde inte det.

"Förlåt, alla äpplen!" sa han och de böjde sig ner och började plocka. De blev båda tysta några sekunder.

"Det ska bli en paj." fortsatte Anna.

"Åh, så gott. En tisdag? Bara sådär? Eller ni kanske firar något? Du och din… make?"

"Nej, nej. Singel. Men det är en lite speciell dag så jag firar med äppelpaj."

"Vilken bra idé. Jag är gräsänkling så jag kanske ska fira på något sätt jag med." Anna noterade att han alltså hade flickvän/fru och sa helt (just då) helt utan baktankar:

"Eller om du har tråkigt kan du hänga med upp och äta paj hos mig? Jag tänkte äta lite soppa först, så kan vi prata ikapp lite!" Vänta, vad sa jag nu? tänkte hon och ångrade sig direkt.

"Ja, det vore jätteroligt! Det måste ju varit 5 år sedan sist!"

"Minst! Eller är det 9?" sa Anna som hade hållit räkningen.

"Kan det vara så länge?"

"Det verkar inte bättre, när man räknar efter" sa Anna. Nicklas blev tyst ett par sekunder och såg ut att fundera. Hon kände igen varje del av hans ansikte och hans sätt men han verkade lite kortare, inte kunde han väl ha krympt?

"Jag måste hem och fixa lite grejer först, men jag kan vara där om typ tjugo minuter? Funkar det?"

"Det funkar! Vill du ha soppa?" Han log lite.

"Absolut!" svarade han.

"Kul! Då fixar jag till dig med."

"Vi ses om tjugo." sa han och stod kvar och tittade på henne. "Du har äntligen börjat träna va?" sa han med Anna blev stum. "Vi ses!" Anna tittade efter honom, han vände sig om och log lite mot henne medan han sprang vidare.

På väg hem snurrade Annas huvud av tankar. Hon fick inte rätsida på något. Vad var det som hände, hur kunde hon träffa honom av alla människor, idag av alla dagar? Var Frej och Nornorna bara elaka? Hon vågade inte tro eller hoppas på något. Hon vågade knappt tro att det ens hade hänt.

Under tiden hon väntade på honom städade hon lite, men hon märkte att hennes hjärta inte riktigt var på plats. Kunde det vara så att hon hade släppt honom på riktigt? Hon var till och med mindre angelägen med städningen än om någon annan kom. Hon märkte att hon inte riktigt brydde sig om vad som hände ikväll. Det skulle bara bli kul att prata gamla minnen med en gammal vän, dessutom kom hon nu på att han hade arbetat sig igenom största delen av hennes kompisgäng. När hon summerade så låg han ganska rejält på minus. Det ringde på dörren. Pirret hade slutat, Frejnor var över, Anna kände det direkt, som en gigantisk bisvärm som hade tystnat.

"Min bricka fungerade i din port!" utbrast han när han stormade in.

"Se där! Kom in!"

"Du fick aldrig någon kram sist!" Sa han och sträckte ut armarna. Anna kramade honom tillbaka, Nicklas kramar hade alltid varit dom bästa, långa omtänksamma och ärliga. "Det här är tvårummaren va?" Sa han när de släppte och han började titta sig omkring.

"Precis." hann Anna få fram innan han fortsatte sin husesyn.

"Vi har trean, den är lite större. Vi har precis renoverat badrummet! Hur ser ditt ut? Jaha, du har kvar det gamla, ja. Vi la tvåhundra lax på det, mäklaren trodde att vi skulle öka värdet med det dubbla."

"Ska ni flytta?"

"Nej, men man vill ju hålla koll. Vad köpte du din för? Om det var för fem år sedan har du ju gjort värsta vinsten nu. Du gav bergis inte mer än två och en halv?" Anna började sakta ångra sin ogenomtänkta inbjudan.

"Är du hungrig?" Försökte hon med och satte av mot köket.

"Nej, jag käkade hemma, vad trodde du jag skulle göra?" Anna började fundera om hon kunde ta hans soppa i matlåda till imorgon, just nu hade hon inte råd med extravaganser, hon hade hjälpt brorsan och hans familj att betala en synnerligen dyr service på bilen tidigare i månaden och det var trots allt någon vecka till löning. Nicklas fortsatte prata och hon lyssnade bara med ett halvt öra. Hon satte sig vid bordet och började äta sin portion. Soppan värmde skönt och hon lät tankarna flyta iväg till dagen som varit. Hon log lite för sig själv.

"Vad skrattar du åt? Det var väl inte roligt! Cyklisten repade ju min nya bil! Fatta hur svårt det är att få tag på den nyansen igen. Den var custom! Dom måste kanske måla om hela!"

"En del skulle hävda att cyklisten hade rätt, dels för att han kom från höger och dels för att man inte bör köra på cyklister, eller någon annan heller för den delen." Han surade några sekunder sen fortsatte han prata om sig själv och alla han kände som hade pengar. Anna gjorde sitt bästa med att sila bland skitsnacket och komma fram till kontentan till varför han var här. Det var nog två saker: flickvännen var på en misstänkt lång semester och han var ensam och pank. När han började närma sig frågan som hon sedan länge sett komma på horisonten blev han len i rösten.

"Du… nu när vi bor så nära varandra så kan vi ju ses lite oftare." hon tittade tomt på honom och det tog exakt fyra sekunder innan frågan kom: "du tror inte man skulle kunna få låna någon hundralapp? Lite knapert nu med lacken till bilen och allt."

"Betalade inte försäkringsbolaget det?" sa Anna skeptiskt.

"Jag är väl inte korkad? Den är bara trafikförsäkrad." Anna hade velat bli förvånad men var det inte. "Fatta vad premien skulle vara för en sportbil med en ung kille som förare om den var helförsäkrad." Anna tappade talförmågan en stund och koncentrerade sig på att andas. Alla hans kommentarer om henne som han fällt under åren som hon hade trängt undan kom tillbaka som en flodvåg. Han hade fått henne att känna sig korkad och att hon inte förtjänade honom. Det var visst tvärt om.

"Vet du Nicklas, jag kom på en sak jag måste göra ikväll" sa hon och låtsades titta på klockan. "och det börjar bli lite bråttom." Han såg lite förnärmad ut.

"Jaha, men kan jag låna pengarna eller? Du kan Swisha bara. Typ tvåtusen vore toppen. Eller mer. Det vore också okej." Anna klappade honom på ryggen och började fysiskt fösa honom mot dörren.

"Tyvärr alltså, det går inte just nu."

"Men kom igen, det är ju jag! Kommer du inte ihåg alla våra fina stunder och roliga upptåg?"

"Åh, kära Nicklas, klart jag minns! Jag minns våra resor till Mallis och Rhodos, varav jag inte har fått betalt för någon än, du är också skyldig mig tre hyror som jag lånade ut till dig när du satt lite tajt till för tio år sedan. Men vet du vad? Om du betalar tillbaka alla dom pengarna först så lovar jag att fundera på det. Men just nu har jag lite bråttom."

"Men…"

"Det var roligt att ses! Hejdå!" hon gav honom skorna att sätta på sig utanför för dörren och slog igen den och låste. Han stod förvirrad utanför dörren några sekunder innan han började sätta på sig skorna. Han hälsade på någon granne som kom förbi. Grannen tittade lite snett på honom där han stod och försökte få på sig skorna.

Anna andades ut, hon hade glömt bort hur han var, bara kommit ihåg dom fina sakerna, alla turer på skateboard i stan, alla nätter de sovit tillsammans och till och med delat säng även om det aldrig hände något. Han hade varit placerad på en piedestal i många år och ingen hade riktigt kunnat mäta sig med honom. Nu hade båda växt upp och han hade snabbt, självmant och bara genom att vara den han hade blivit, kastat sig genom ett svanhopp ner från piedestalen. Hon skulle inte kasta någon livboj efter honom.

Anna andades ut, hon gick på toa och tvättade ansiktet. Hon tittade länge på sig själv i spegeln, vände och vred på ansiktet lite, drog lite i kinderna. Hon flätade håret lite och konstaterade att hon inte var så himla illa ändå. I morse när hon börjat titta efter herr Span hade hon varit väldigt osäker, log han åt henne? Var det bra eller skrattade han åt henne? Men man vänder sig inte om och bara för att skratta åt någon, inte när man är vuxen. Inte flera gånger iallafall. Svårt att avgöra när man inte kände personen alls. Hon visste egentligen bara var han jobbade, att han satt i väldigt mycket möten, cyklade till jobbet och verkade tycka lokalerna var lika kalla som hon tyckte. Just det, hon kom att tänka på dialekten också, idag hade hon lärt sig något nytt om honom, han hade en riktigt bred skånska, å inte den sexiga, mjuka utan den med fullt kräkande r och allt. Hon fnittrade mot sig själv i spegeln åt bara tanken på honom. Hon log och tittade uppskattande på sig själv i spegeln, inte för att hon fått uppskattning utan för att hon äntligen släppt den toxiska Niklas på riktigt. Dags att avsluta Frejnor på ett värdigt sätt.

Anna gick ut i köket och knöt omsorgsfullt på sig sitt fina förkläde som hon fått av farmor, hon strök en lock ur ansiktet och började på degen till pajen, hon tänkte på allt som hänt under dagen, den senaste veckan, hon tänkte som hastigast på Nicklas men mest tänkte hon på farmor. Hon saknade henne fortfarande dagligen, trots att det var länge sedan hon gick bort, Anna kände ofta hennes närvaro och brukade prata med henne när hon skulle sova, inte högt, det behövdes inte.

Hon smorde formen och hällde i kokosen, varsamt vände hon runt formen så kokosen skulle täcka hela ytan. Hon kavlade ut degen som innehöll både kanel och kardemumma. Äpplena skar hon eftertänksamt och tackade i sitt sinne för de fina frukterna. Hon skar bort bitarna där de hade blivit förstörda efter fallet i butiken. Medan pajen var i ugnen så vispade hon en vaniljsås efter farmors recept. Hon tände alla ljusen i den fem-armade ljusstaken och dukade fram sina två finaste tallrikar. Hon diskade upp och städade köket medan pajen svalnade lite. Att sätta sig ner och äta pajen var det största på hela dagen och högtiden. Hon la upp två små bitar på tallrikarna och satte en kopp kamomillte att dra lite. Medan hon åt sin pajbit tänkte hon igen på allt som hade hänt, hon tänkte på Freja och Nornorna, hoppas de haft en trevlig kväll. Nicklas hade verkligen varit en ödets galna nyck, men kanske precis vad hon behövde, ett avslut. Sen åt hon den andra biten och skickade önskningar om sin tillkommande likt ett barn som blåser ut ljusen på en tårta.

Anna sov gott den natten och drömde om sin farmor.

~ Slut ~

Anette, här är den med trollsländorna!

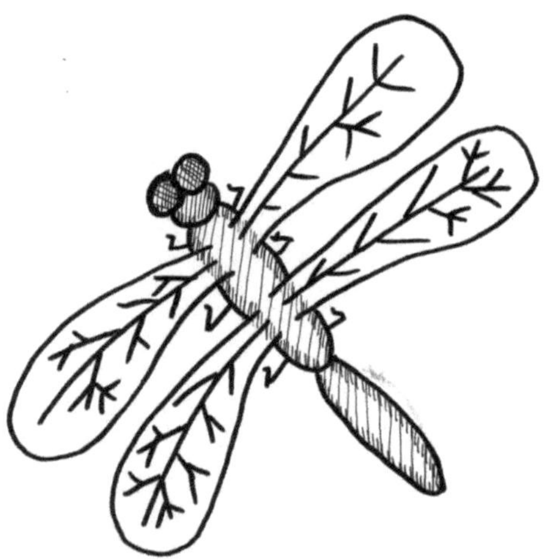

Sigrid och Näcken

Prolog

[Näcken:] Näcken är ett fornnordiskt vattenväsen som håller till i åar, tjärnar och sjöar i inlandet. Han står för farorna förknippade med vatten och är en oöverträffad spelman som kan dra till sig sina offer med sin vackra och vemodiga musik för att sedan dränka dem eller få människor att dansa tills deras fötter slits ner till benstumpar.

1.

Nick var helt inne i musiken när han kände en iskall blixt genom kroppen, det började i hälarna och spred sig ut i hela kroppen. Istappar spelade melodier på hans ryggrad. Helvete, nu hände det igen. Den euforiska publiken framför honom delades likt havet i bibeln och där stod hon: Kvinnan vars liv han skulle bli tvungen att offra.

"Vem som helst", tänkte han, "men inte hon." Paniken exploderade i honom och han föll på knä.

Nick vaknade kallsvettig med ett ryck i sin säng och mindes drömmen i detalj. Hälarna gjorde fortfarande ont. Han var rädd.

2.

Sigrid var nervös, nervös på det där sättet man bara är så här första dagen på nytt jobb, en sån dag som man vet bokstavligen är första dagen i resten av sitt liv. Det var förvisso bara ett sommarjobb, men hon hade flyttat till en ny stad och för första gången skulle hon ha ett riktigt kontorsjobb. Hon visste inte helt vad jobbet innebar, dels för att hon aldrig jobbat på kontor, dels för att beskrivningen av jobbet varit minst sagt luddig. Hon undrade om hon någonsin skulle kunna använda den nya blusen hon hade på sig igen, hon hade svettats igenom den redan innan hon kom fram. Hon försökte skylla på den extrema värmen som var ovanlig för årstiden, men egentligen var det nog nervositeten.

Sigrid hade varit i Linköping på genomresa några gånger tidigare men aldrig gått förbi byggnaden, eller i alla fall aldrig lagt märke till den. Den smälte liksom in perfekt i bakgrunden. På en bakgård mellan Stora Torget, Domkyrkan och Stadshuset fanns ett litet, slitet trevåningshus med en oansenlig dörr. Sigrid läste på dörren, det stod kort och gott "Institutet", det verkade vara rätt ställe. Hon klev in och möttes av en svag doft av mögel; det här trapphuset hade inte blivit renoverat på minst 30 år, väggarna var svampmålade med terrakottafärg och ett schablonmålat mönster. Hon undrade om hon hade gått fel, eller om det här var anledningen till att intervjun hade varit digital. Två trappor upp och utom synhåll från gatan ändrades intrycket fullständigt, där möttes hon av en flott entré med automatiska delvis frostade glasdörrar. Bredvid satt en flott plakett med "Institutet" ingraverat på.

Lokalen var flådig och hade ett mörkt stengolv, väggarna bestod av ohyvlat trä och stengolvet letade sig upp och över receptionsdisken. En svag doft av ek fyllde rummet. Överallt stod växter och helheten gav en känsla av stilren skog. En receptionist satt bakom den höga disken och tittade bistert på Sigrid. Bakom receptionisten fanns fönster ut mot en innergård som snarare påminde om en liten djungel.

"Hej, jag heter Sigrid och jag ska börja här idag" sa hon med ett lite osäkert leende. Receptionisten Rebecca granskade henne skeptiskt genom glipan mellan glasögonen och den perfekta luggen. Över de hårt målade röda läpparna skymtade för en sekund ett hånleende, men det la inte Sigrid märke till.

Rebecca hade jobbat fem år i receptionen på Institutet. Hon var mer än lovligt trött på det hon, i (inte så värst) slutna sällskap, kallade sitt skitjobb. Men anledningen till att stanna var så stark att den överskuggade allt. Varje liten interaktion med Nick fick hennes själ att sjunga. Hon var dock frustrerad för att hon aldrig kom någonstans med honom. Han låg ju med allt och alla utanför jobbet, men hade dragit en gräns för kollegor. Var det ett misstag att ta jobbet? Skulle hon ha större chans på honom om hon slutade? Hon vågade inte riskera att inte få träffa honom alls och dessutom behövde hon desperat lönen, pengarna rann mellan fingrarna likt körsbärsblommor från trädet i ett kraftigt vårregn. Å vem var nu den här nya lilla myran och varför skulle hon få jobba nära Nick? Rebecca hade svart bälte i svartsjuka och gillade inte synen av den nya tjejen, hon var för ung, för söt och hade precis lagom mängd mörker runt sig för att Rebecca var rädd att hon skulle stjäla Nick från henne. Hon plockade med en ansträngning fram professionalismen och sa med falskt leende:

"Visst, slå dig ner bara, så ropar jag på Greta, visst var det henne du skulle träffa?" Sigrid log glatt och nickade. Sigrid satte sig i den platsbyggda soffan som var täckta med stora mjuka kuddar som liknade mossa. En växt av något slag kittlade henne i bakhuvudet så hon flyttade lite på sig och rättade till den nya blusen och finbyxorna som hon fortfarande var obekväm i. Det var kläder hon hade sett i serier att man har på sig på kontoret. Sigrid satte upp det yviga, lockiga håret i en tofs för att kunna koncentrera sig ordentligt, hon var blöt i nacken av svett men tacksam för att kunna sitta i den svala receptionen en stund. I huvudet försökte hon förbereda sig på dagen, men visste inte alls vad hon skulle förvänta sig så nervositeten bara ökades på.

De frostade glasdörrarna mot trapphuset öppnades, luften blev ljus och in klev, i slow motion, den vackraste man hon någonsin sett. Han var lång och välbyggd, hade mörkt, halvlångt hår med gröna inslag. Mest anmärkningsvärt var dock den ljusa hyn och de stora, vackra ögonen, mörka som en skogstjärn. Han nickade till henne utan att röra en min, gick förbi receptionisten med ett kort "morron" och försvann in genom en dörr. Sigrid kände hettan i ansiktet och märkte att hon glömt att andas. Hjärtat ville inte sluta banka. Hur skulle det här gå? Tänk om hon skulle jobba med honom? Hjärnan förvandlades även mentalt till den grå sörjiga substans som hon antog att den ser ut att vara på riktigt. Tankarna hoppade runt som flipperkulor i huvudet och hon övervägde att bara springa därifrån, men den krassa verkligheten ruskade till henne: hon behövde det här jobbet, hon behövde arbetslivserfarenheten för framtiden.

Plötsligt blev hon medveten om att Greta stod precis framför henne. Ett vänligt och fårat ansikte tittade ner på henne.

"Sigrid?" Sigrid nickade. "Välkommen! Följ med så ska vi fixa passerkort och allt annat du behöver." sa Greta. Sigrid log och nickade igen. Greta tog med henne till ett litet rum där en kort, satt och till synes mycket sträng säkerhetsvakt gick igenom rutinerna för in- och utpassering. Hon fick ett tjockt häfte som innehöll brand- och andra säkerhetsrutiner, det skulle bli frågor på materialet i eftermiddag. Hon fick skriva på ett långt sekretessavtal, bli fotograferad och snart hade hon ett passerkort med en riktigt dålig bild på sig själv som ändå gjorde henne omåttligt stolt. Hon kunde inte låta bli att le när hon tittade på det. Hon var 25 år och detta var hennes första riktiga jobb.

"Hörde du det?!" upprepade den stränga säkerhetsvakten högt. Hon tittade hastigt på honom. "Häftet. Lämnar. Inte. Kontoret." sa han och petade hårt på häftet för att betona varje ord. Hon nickade häftigt. Hon höll hårt i passerkortet och häftet på vägen ut ur rummet.

3.

Nick satt försjunken i tankar och tittade långt bort i fjärran. I handen höll han en kopp väldigt dåligt kaffe från automaten. Han tänkte på den underbara tyska mannen och kvinnan han hade vaknat med här om dagen. De hade varit så mysigt kärleksfulla, men när de gick från hans lägenhet omslingrade med varandra kunde han inte låta bli att känna sig ensam. Han visste att han hade ett rykte om sig att vara en förförare, men han såg det mer som att han älskade många, bara inte så länge. Längden på hans relationer räknades i timmar snarare än år. Men Nick räknade inte, det var kärlek oavsett längd och mängd. Var den här tomheten kom ifrån visste han inte, den var ny. Han fortsatte att dricka sitt kaffe och stirra ut genom fönstret när Greta ropade på honom och väckte honom ur dagdrömmarna.

"Cecilia är sjukskriven tills vidare." berättade hon inne på sitt kontor. "Jag vet inte så mycket men jag tror det har med hennes familj att göra."

"Så tråkigt…" försökte Nick som aldrig riktigt gillat Cecilia men för den delen inte önskade henne något ont.

"Det betyder att du får en sommarjobbare i sommar". Han tittade chockat på Greta för att protestera men såg på hennes ansiktsuttryck att diskussionen redan var över. De hade känt varandra länge, så han visste när det var lönlöst att ta strid. Hon visste vad han tyckte och han visste vad hon skulle säga. Istället himlade han med ögonen.

"Var det hon som satt i receptionen?"

"Va bra, då har ni träffats."

"Nä, inte egentligen." mumlade Nick.

"Jag har ett extrainkallat möte med huvudkontoret snart, du får köra introt."

"Ska JAG köra introt? Med presentationen och hela den biten? Alltså INTROT? Jag är inte rätt person för det. Jag har inte ens sett den där presentationen själv ordentligt." protesterade han.

"Det är under min värdighet!" sa hon med gnällig röst för att härma honom. "Det må så vara, men nu är hon din sommarjobbare. Det finns talmanus i presentationen och hon är ett led i den nya samverkan mellan myndigheterna, vi behöver fler utomstående på institutet för att upprätthålla diplomatiska relationer, hon är ett steg i den integrationen. Du var ju på förra månadsmötet, du vet det här."

"Ja... " sa han och slog blicken i marken och slokade med axlarna. "Jag hade bara hoppats att det inte skulle drabba just mig?" sade han lite grann på skämt och Greta log mot honom. Han skruvade på sig. "Men vad ska hon göra då?"

"Se det som att du får en assistent, du har ju klagat på att du har för mycket att göra." Han rynkade på ögonbrynen. "Förresten, jag drömde en sak i morse." Han mindes med obehag när han vaknat med ett ryck ur den hemska drömmen.

"Jaha, vill jag verkligen veta?" undrade Greta skeptiskt då hon många gånger fått lite väl detaljerad information om hans förehavanden på fritiden.

"Inget sånt. Jag drömde att jag blev Kallad." Greta blev allvarlig och fick en bekymrad rynka i pannan.

"Du har ju blivit Kallad förut, har du drömt om det då?"

"Nej, det här skulle vara fjärde gången. Men jag har inte känslan i kroppen."

"Det kanske bara var en dröm?"

"Vi får hoppas det." sa han lågt. "Det kändes också som att det var någon jag kände."

"Usch, va hemskt!" sa Greta och han försökte samla sig.

"Jag ska kolla med Dess och försöka luska lite. Han kanske vet något mer." sa Nick.

"Ja, men ta inte in honom hit. Jag är så obekväm med honom." Hon såg på Nicks leende vad han skulle säga. "Och nej, det är inte för att jag är gammal och nära döden!" Hon kastade ett post-it block på honom. "Gå och ta hand om din sommarjobbare nu!"

* * *

Sigrid satt ensam i ett litet mötesrum. Även här fanns överallt inslag av skogen, temat var liksom övertydligt. Hon tittade på sitt passerkort igen och stoltheten dämpade nervositeten lite. Dörren öppnades och in kom den långa, fantastiskt vackra mannen. Hennes hjärta stannade i alldeles för många sekunder innan det i stället började rusa. Han räckte fram handen:

"Nick", sa han. Hon stirrade bara häpet på honom. Han tog tillbaka handen efter vad som kändes som en evighet, ställde ner sin laptop på bordet och kopplade in den till skärmen på väggen medan han med andra handen vant plockade upp telefonen och ringde ett samtal. "Jag förstår att du försöker vara rolig Rebecca, men lite professionalism tack. Kom hit med armbandet, vi sitter i Gläntan. Nu." Det verkade vara någon slags protest i andra ändan "NU." sa han kallt och la på. Sigrid släppte honom inte med blicken och gjorde sitt bästa för att komma ihåg att andas. Han var lite obekväm med uppmärksamheten och sysselsatte sig med att leta efter något i datorn, mest för att undvika att möta Sigrids blick. Han hade letat fram presentationen och skulle just ringa igen för att jäkta på när dörren öppnades och Rebecca kom in. Hon tittade roat på Sigrid och log ett hånfullt mot Nick.

"Lite roligt var det." sa hon och kastade ett armband till honom, han fångade det och skickade istappar med blicken på henne.

"Ut." sa han kort och pekade. Rebecca tittade på Sigrid, log hånfullt och stängde dörren efter sig. Nick vägde armbandet i handen, det såg ut som ett armband med plastpärlor för en välgörenhetsorganisation. Han gick fram till Sigrid och lutade sig mot bordet bredvid henne. "Ge mig din hand" sa han och hon lydde direkt. "Så länge du jobbar här, ta aldrig av dig det här armbandet." det susade lite i hennes öron och hon nickade sakta medan hon var nära att drunkna i hans djupa, mörka gröna ögon. Han trädde armbandet över hennes hand och gick tillbaka till andra sidan bordet. Sigrid lutade sig tillbaka i stolen, hon kände sig förvirrad. Det skimrande ljuset som fyllde rummet så fort han kom in hade slocknat och återgått till det sterila, typiska konferensrums ljuset. Hon tittade över bordet och mannen som tidigare varit så förtrollande vacker såg nu lite mer normal ut, rent av aningen läskig. De stora ögonen var lite för stora och mörka, håret hade tappat sin spänst och han var lite mer gänglig än välbyggd.

"Vi försöker igen." sa han och sträckte fram handen igen. "Nick." Sigrid harklade sig och rättade till blusen.

"Sigrid" sa hon, räckte fram handen, hälsade artigt och gav sig på ett generat leende men ville sjunka genom jorden.

"Vi ska tydligen jobba ihop du och jag. Du får ursäkta om jag verkar oförberedd, det var meningen att du skulle vara med Cecilia, men hon kommer vara borta en tid."

"Ja, det var henne jag hade intervjun med. Så synd. Är det samma arbetsuppgifter?"

"Jag är lite osäker på vad Cecilia hade för tankar att ni skulle göra, men jag jobbar mycket med vattnet i området." Det något stela samtalet fortsatte och de lärde sakta känna varandra. Han kikade på hennes CV och såg en handfull icke fullständiga examen i alla möjliga ämnen. När Nick kände att de visste det grundläggande om varandra tog han ett djupt andetag, dags att kasta ner någon i ett kaninhål de aldrig skulle komma upp från.

"Jag har ett intro som vi kör för alla nyanställda". Det kommer ta ungefär en timme. Sedan får du läsa och plugga häftet du fick av Kalle," sade han och pekade på säkerhetsrutinerna. "Dom är viktiga. Efter det är det nog dags för lunch."

Han la upp presentationen på skärmen, han var till och med lite nervös, man visste inte hur folk skulle reagera. Antingen förstör man hela deras världsbild eller så blev de exalterade i att det de alltid fått höra är vanföreställningar faktiskt stämde. Inget av scenarierna tilltalade honom.

"Vi börjar från början… Visst fick du skriva på ett sekretessavtal?"

"Ja, det var väldigt långt."

"Mmm... då var det rätt sekretessavtal" Nick läste sammanbitet från talmanuset. "Du jobbar nu på Institutet för Väsen Kommunikation. Vi har funnits i 200 år och vi kallar oss Institutet i folkmun. Du hittar oss inte i offentliga register eller på den delen av internet som de vanliga sökmotorerna hittar. Det jobbar 500 individer på Institutet här i Sverige, på detta kontor är vi 30. Huvudsyftet är att samordna kommunikationen mellan människor och väsen."

Han pausade lite så hon skulle få smälta det där sista. Sigrid skruvade på sig lite, Nick blev nervös nu när han kom till den kritiska delen men fortsatte att visa presentationen som nu visade ett antal klassiska bilder på väsen och läsa från manuset. "Vi har alltid bott bland människorna men efter att ryktesspridningen kulminerade för 200 år sedan så upprättades Institutet för att reglera interaktioner mellan människor och väsen via avtal." Han avbröt läsandet med att presentera sin egen del: "Institutet har som sagt flera syften, jag ingår i avdelningen för miljökontroll, min avdelning startades på 70-talet för att hantera de redan då uppenbara skenande miljöproblemen. Vi jobbar med att upprätthålla ekosystem, biologisk mångfald och försöker att sätta naturens rättvisa först. Idag är vi den största avdelningen på Institutet." Nick fortsatte sedan att läsa manuset, han sneglade på ibland Sigrid för att se hur hon reagerade. Hon verkade mest bli tyst och blek, men hon verkade i alla fall lyssna på vad han sa. "Har du några frågor så här långt?"

"Rätt många, faktiskt."

"Kul." sa han med en iskall ironi som gick Sigrid fullständigt förbi. "Jag fortsätter så får vi se om några av dem besvaras. Institutet finansieras till en liten del av staten men största delen kommer från pengar vi drar in, jag till exempel delar en del av mina inkomster med Institutet, det är betalningen för att få använda det ni kallar övernaturliga förmågor, en typ av skatt." Nick fortsatte att beta av manuset, vid det här laget var han mer än lovligt uttråkad. När de var klara hade han mycket lite tålamod och röst kvar.

"Vilka typer av väsen finns det?" undrade Sigrid, relevant fråga höll Nick med om.

"Jag är Näcken, om du inte förstått det, här på kontoret har vi stentroll, skogsrå, Kalle som du har träffat är det ni kallar hustomte, men säg det aldrig till honom. Kalla oss vid namn så låter vi bli att kalla dig männcha." Det sista ordet sa han med tillgjort förakt och kyla.

"Greta? Vad är hon?"

"Jag vet faktiskt inte." sa han fundersamt.

"Men vad kan jag hjälpa till med, jag är ju inget väsen?" undrade Sigrid.

"Vi behöver mer samarbete med övriga samhället och där blir du en av länkarna. Vi tittar närmare på din profil." Sa Nick och letade rätt på hennes CV igen. "Du har pluggat lite konsthistoria, internationell kommunikation, miljövetenskap, psykologi, och till antikvarie men ingen examen inom något. Inte mycket till röd tråd om jag får säga det själv, men märkligt nog är det mesta relevant för det här jobbet. Under egenskaper ser vi att du är empatisk, tålmodig och målinriktad men lite tillbakadragen. Men jag misstänker att det är din erfarenhet som vikarierande förskolepedagog som kommer att komma mest till nytta." Det där sista hade han inte tänkt att säga högt. "Har du fler frågor?"

Den meningen kom Nick snart att ångra. Sigrid frågade om allt möjligt och hennes tidigare bleka hy hade övergått i blossande kinder. Han svarade tålmodigt på frågorna under en halvtimme, sedan tittade han på klockan och avbröt henne. "Vi får fortsätta sen." Han knackade på häftet med säkerhetsregler. "Läs dem. Noggrant." sa han och var på väg ut ur rummet när han kom på en sak att förtydliga. "Ta aldrig av dig armbandet, förstår du varför?" Hon tystnade en sekund medan hon funderade.

"För att du blir så snygg då att jag inte kan tänka klart och än mindre prata eller jobba med dig?" Nick begravde ansiktet i händerna och drog dem genom håret i frustration, det skulle bli en lång sommar. Han andades djupt och räknade till tio. Hon hade ju inte fel i sak.

"Ja, typ. Armbandet neutraliserar övernaturliga intryck. Några av dem du mötte på vägen in kommer se lite annorlunda ut när du går ut härifrån, precis som jag. Försök att inte bli chockad när du ser dom sen, det är oartigt. Jag har ett möte jag måste gå på, sitt här och läs." sa han och plockade med sig datorn och gick ut. Sigrid kastade sig över säkerhetsrutinerna som att det vore en nysläppt bästsäljare.

Nicks nästa möte hade blivit långdraget och inget hade beslutats. Det hade varit han och Greta från deras kontor och på andra sidan i det digitala mötet fanns tre högt uppsatta från huvudkontoret.

"Något är på gång." sa Greta direkt när de stängt ner. Nick höll med.

"Helt meningslöst möte och de försökte undvika att prata om något, men vad?" sa han. Greta såg lite trött ut. Alltid var det någon politik på gång bakom kulisserna, hon var trött på att aldrig få en helhetsbild.

"Hur går det med inskolningen?" sa hon istället. Nick hade helt glömt Sigrid i konferensrummet. Greta såg det på honom och slog honom på armen med baksidan av handen, tillräckligt hårt för att det skulle svida lite. "Gå och hämta henne nu och ta med henne på lunch. Du bjuder. Försök åtminstone göra en insats, ni är kollegor från och med nu, se till att komma överens med henne. Om inte annat så för att du behöver fler personer i ditt liv som stannar längre än en natt." Nick himlade med ögonen igen och var lite rörd över att Greta brydde sig men samtidigt lite stött, kommentaren liksom skavde lite mer idag än vanligt.

* * *

 Liselott Lindberg

Ute på stan insåg Nick att han behövde ta lite mer ansvar för sin adept, han fick lite dåligt samvete för att han hanterat henne så kallt. Det var ju inte hennes fel att han fått en sommarjobbar i knät. Han tittade på henne ordentligt för första gången, det lockiga håret som hon försökt tämja i en knut vajade i vinden. Hon var vacker på ett otraditionellt sätt när man tittade efter.

"Så hur känns det? Har du hunnit smälta det än?" frågade han. Sigrid log milt.

"Det är lite förvirrat, det erkänner jag. Hade det inte varit för att jag såg vad armbandet gjorde med egna ögon hade jag nog inte trott på något av det. Eller hade någon drogat kaffet?" Nick kunde inte låta bli att skratta till.

"Ha! Nej, tyvärr inte." sa han.

"Det här var inte vad jag hade förväntat mig när jag vaknade imorse."

"Inte jag heller." råkade Nick säga. Sigrid tittade frågande på honom. "Ja, förlåt, det är ju inte ditt fel. Det kom lite hastigt bara, att vi skulle jobba ihop. Det var ju meningen att du skulle varit med någon annan egentligen." Han försökte byta ämne igen. "Har du fler frågor?" frågade han medan de promenerade längs de varma gatorna.

"Lite mer exakt vad består mina arbetsuppgifter av?" undrade hon. Han behövde några sekunder att tänka och kontrade med:

"Är sushi okej?" och pekade mot ett bättre sushi ställe. "Jag bjuder, på order av Greta."

"Åh, tack, det blir jättebra." sa hon. Nick återgick till frågan medan de gick in på restaurangen.

"Du kommer få hjälpa mig. Det blir både praktiska utflykter för att kolla vattendrag, ta lite prover, säkert skriva och korrläsa lite rapporter och alldeles för många möten för att någon ska vara bekväm med det. Med tanke på din akademiska bakgrund blir det nog till att läsa en hel del avtal med." Inne på den lilla sushirestaurangen nickade Nick åt någon långt bort i köket och höll upp två fingrar samtidigt som de satte sig vid ett bord. Maten började direkt tillredas.

"Så lite som vilket kontorsjobb som helst?" sa Sigrid.

"Förvånansvärt tråkigt faktiskt." sa han likgiltigt.

"Fast med Näcken, magiska armband och massa andra väsen?" sa Sigrid utan att tänka sig för. Nick blev chockad, och lite arg. "Räkna till tio" sa han till sig själv så många gånger att han glömde att faktiskt räkna till tio och fortsatte:

"Jag förstår att du bara vetat om det här i några timmar och att din värld vänts upp och ner, men lite grundläggande respekt skulle inte skada. Vi är alla individer mer än något annat så försök behandla oss som det." Sigrid blev lite generad och bad om ursäkt. Nick blev själv chockad över hur hård han lät och försökte släta över det hela snabbt.

På väg tillbaka till kontoret mötte de precis den som Nick letade efter.

"MANNEN!" ropade Dess, en ung man i stor svart hoodie och hörlurar, från andra sidan gatan.

"Det var länge sedan!" sa Nick när de kramades. "Jag pratade om dig med Greta tidigare idag."

"Ojdå, börjar det bli dags för henne?" sa Dess och skrattade och låtsades titta på klockan.

"Haha! Nej, jag tänkte kolla lite skvaller från din sida planket, kan jag ringa dig ikväll?"

"Absolut!" Dess tittade med ett stort, nyfiket leende på Sigrid.

"Ja, det här är Sigrid förresten. Hon är min nya sommarjobbare från och med idag." Dess log sedan menande mot Nick, de var tillräckligt goda vänner för att Nick skulle förstå precis vad han insinuerade. Nick gjorde sitt bästa för att ignorera det.

"Sigrid, det här är Dess." Nick funderade på om han borde presentera honom som Döden eller Liemannen, men kom fram till att det vore nog lite för mycket på en och samma dag. Det fick bli ett annat tillfälle.

"Hej!" sa Sigrid artigt och räckte fram handen mot Dess.

"Ah, nej." sa Nick och tog vänligt ner hennes hand. Dess bara skrattade ett guppande, varmt och smittsamt skratt.

"Vi kör en sån här." sa Dess fortfarande med ett stort leende och vinkade istället. "Mannen, jag måste springa" han kastade lekfullt upp en liten kristallkula i luften och fångade den "jag har ett uppdrag, men vi hörs ikväll!" sa han och dunkade Nick hårt på överarmen innan han sprang vidare. En ambulans hördes i fjärran.

"Vem var det?" frågade Sigrid.

"Det var Dess." Nick visste inte riktigt vad han skulle säga. "Vi pratar mer om honom en annan gång."

"Det känns som om jag känner igen honom, kan vi ha träffats förut kanske?" sa Sigrid högt men mest för sig själv. Nick kom inte på något att säga, Dess var inte en person man som vanlig dödlig ville ha träffat med tanke på hans yrke.

* * *

Den kvällen snurrade det i huvudet på Sigrid när hon kom hem. Hon tog en iskall dusch och kastade sig ner på soffan och bara stirrade i taket. Hela världen såg annorlunda ut från när hon vaknade i morse. Hon pillade på sitt armband och ville prata med sin pappa och berätta allt om dagen. Hon var förvånad att hon lyckats hålla sorgen borta så mycket under dagen, det var så många nya intryck och personer hon hade träffat, men hela tiden låg tanken på pappa kvar. Det som var praktiskt med att prata med någon i huvudet var att man inte behövde ta hänsyn till sekretessavtal och man kunde vara helt ärlig. Hon berättade för sin pappa om väsenvärlden, Nick, Greta, den snäsiga Rebecca och alla andra. Dess visste hon inte riktigt vad hon skulle säga om. Varför gick han runt i svart hoodie när det var 30 grader varmt ute? Hon avslutade med "Hälsa mamma!" innan hon somnade djupt på soffan. Vid 3 tiden vaknade hon svettig och gick och la sig på sängen och sov vidare.

4.

Ett par veckor senare hade Sigrid börjat komma in ordentligt i arbetet.

"Idag ska vi ta lite vattenprover, det är något knasigt med Stångån, jag har känt lukten ett par dagar nu." sa Nick på morgonen. "Har du riktiga skor?" sa han och tittade på hennes tunna, vita sandaler.

"Inte på mig, uppenbarligen. Om vi åker via min lägenhet så kan jag hämta riktiga skor." Han nickade. "Han kunde ju ha sagt något igår" tänkte hon.

*   *   *

Sigrids lägenhet var inte alls som Nick hade tänkt sig, han hade väntat sig en väl inbodd mysig lägenhet, istället stod flyttlådorna fortfarande överallt. Hon ursäktade röran medan hon sprang runt och rotade i lådorna.

"Spelar du?" sa han och pekade på ett gammalt piano som hon fått anlita en speciell firma för att få dit.

"Ja, men jag tror inte grannarna uppskattar det så jag försöker hålla nere lite på det." svarade hon. Nick hajade till när något strök sig runt hans ben. Han lyfte upp den svarta katten som direkt klättrade på honom och satte sig på hans axel. Tillslut hittade Sigrid rätt låda och höll fram vandrarkängor och gummistövlar, hon tittade förvånat på honom och katten.

"Hon brukar inte gilla okända." sa hon sakta.

"Vad heter hon?"

"Puma." sa Sigrid.

"Det passar henne, hon ser grym ut." Nick kliade på Puma lite under hakan och hon spann.

"Vilka passar dagens uppdrag bäst?" frågade Sigrid. Nick pekade på gummistövlarna.

"Gillar du katter mycket?" sa han och tittade roat på en imponerande, och något skrämmande, samling med figuriner och konst föreställande svarta katter. "Är 200 kattstatyer det första du plockar upp när du flyttar?"

"Ja, eller det ser värre ut än det är. Jag hade en superfin svart katt när jag var liten, Kålis hette han. Jag köpte en liten figur som liknade honom, någon såg den och jag fick en annan liknande i födelsedagspresent, sen plockade flera upp det där och sedan har det spårat ur. Jag har egentligen bara köpt någon enstaka. Istället är det ju minnen av personerna som givit mig presenten. Varför dom kom upp före allt annat i flytten vet jag faktiskt inte…"

"Så det är inte den här sköningen som är förebild för statyerna?" Puma hade nu lagt sig som en boa runt Nicks hals och han höll hennes tassar och dansade runt lite. Men om du inte gillar kattstatyer riktigt så här mycket, hur kan det då vara ett positivt minne? Är det inte snarare ett tecken på att dina vänner inte känner dig?" Sigrid blev varm om öronen, man förolämpar inte hennes vänner hur som helst.

"Vem är du att döma ifall dom känner mig eller inte? Du visste ju inte ens att jag samlade på katter."

"Fast du samlar ju inte på katter, andra samlar på katter åt dig för att de inte kommer på något annat att ge dig."

"Nu ska du vara snäll, jag gillar mina katter." sa hon barskt.

"Visst visst, lite roligt bara att det är just svarta katter." Sigrid tittade frågande på honom. "Ja, alltså det är ju ett ganska sägenomspunnet djur, man får lite känslan att det var meningen att du skulle hamna hos oss." sa han utan att tänka sig för medan han tittade sig runt i rummet och läste nyfiket på alla flyttlådor. Sigrid la huvudet på sne, vad menade han? Var det ödet som gjorde att hon hade hamnat där? Hon hade mest sett det som en desperat åtgärd på en svajig arbetsmarknad.

"Är du klar?" frågade han, hon nickade.

Dagen tog dem per båt och till fots längs nästan hela Stångån, de åkte uppströms och gick i land och tog prover. Både i vattnet och på jorden runt ån.

"Lukten blir starkare ju längre upp vi kommer. Känner du?" frågade han Sigrid. Hon försökte vädra med näsborrarna.

"Nej, jag vet inte riktigt vad jag ska lukta efter." sa hon

"Det luktar ungefär som starka kemikalier och avlopp, blandat." sa Nick och Sigrid fortsatte försöka vädra i luften, Nick skrattade.

"Vad?" sa hon och funderade på om hon skulle vara förnärmad.

"Jag har bara sett kaniner göra sådär tidigare." sa han och log. Hon bestämde sig (med reservation för att senare ompröva beslutet) att inte bli förnärmad, kaniner är ju söta.

Några minuter senare stannade Nick med båten. Det var skog på ena sidan ån, på andra sidan en nyanlagd sandbank.

"Nu är det borta." sa han och tittade sig runt omkring. "Jag måste ner och kolla." sa han och började ta av sig kläderna. Sigrid försökte desperat titta bort, det gick sådär. Istället stirrade hon intensivt i ögonvrån när han ljudlöst gled ner naken i vattnet. Han försvann fort och hon såg bara ljusa speglingar röra sig runt båten och bortåt. Lika snabbt som han försvunnit dök han upp vid sidan av båten igen. "Ger du mig ett par provrör?" Han såg annorlunda ut i vattnet, som en del av naturen. Han hörde hemma här. Han försvann snabbt igen med provrören och var borta länge. Ibland såg hon något ljust blixtra förbi, botten rördes upp på olika ställen under ytan och efter ett tag blev hon orolig, nog för att han var Näcken men hur länge kunde han vara under ytan? Hon ställde sig upp i båten i den lilla båten och spejade efter honom, hon såg vågor som efter en stor fisk en bra bit upp längs ån, hon fortsatte titta åt det hållet. Skulle hon köra bort dit? Hon började på ostadiga ben röra sig mot motorn när båten gungade lite.

"Nu ska du få nytta av dina rejäla skor." sa Nick bakom henne.

"Fan, vad du skräms!" sa hon och satte sig ner. Han log lite. Han sköt lätt båten intill strandbanken som såg nyanlagd ut. Sigrid hoppade smidigt som en katt helt utan kroppskontroll över på strandbanken och lyckades, på ren tur, landa på fötterna.

"Filma vallen och det du kan se bakom den." sa han och hon började gå runt i leran med mobilen i högsta hugg. Bakom henne försvann Nick ner i vattnet igen. Hon vandrade av och an på strandbanken och fotade och filmade det hon kunde.

"Det räcker." Hör hon honom säga med ansträngd röst från båten. Han kravlade sig med ansträngning upp i båten.

"Det är ett stort staket och massa buskar här, jag kommer inte förbi men jag skymtar något som liknar en soptipp och massa fordon." Nick tittade upp.

"Vi skickar Liam hit med drönare, kom tillbaka med det du har." Sigrid hörde andan i hans röst, något var fel och med full koncentration tog hon sig förvånansvärt snabbt och smidigt tillbaka till båten. Han hade svårt att andas och försökte torka av det värsta av det giftiga vattnet med sin t-shirt.

"Hur är det? Vad har hänt?"

"Det är lugnt, jag måste bara härifrån. Vi tar ett varv uppströms så vi ser att det inte är några fler läckage. Jag måste bada av mig giftet lite." Den här gången drog han på ordentligt i båten och när de kom ut mitt på sjön så stannade Nick båten. Han såg blek ut och var matt. Sigrid var orolig men han verkade veta vad han gjorde så hon försökte mest att inte vara i vägen. Nick tippade över kanten med ett stort plask och han såg knappt ut att vara kapabel att hålla sig vid ytan. Han höll sig i kanten av båten precis bredvid Sigrid och hon sköljde hans arm med friskt vatten medan båten stilla gled över sjön. Han tittade på molnen som gled förbi ovanför. Sigrid hade hjärtat i halsgropen.

5.

Dagen efter när Sigrid kom till jobbet var det första hon gjorde att fråga om Nick mådde bra. Han hade varit illa däran igår.

"Jodå, det är ingen fara." svarade han, men hon såg på honom att han var inte helt kry, han var fortfarande lite sliten. "Idag får du följa med Liam så får ni kolla mer på stället. Jag stannar här och tar hand om alla prover. Funkar det?"

"Absolut!" sa Sigrid med uppbådad entusiasm. Nick gillade inte att vara sliten, ikväll skulle han ta sig till sin tjärn och ladda batterierna på riktigt, men idag behövde han vara i fred.

* * *

Sigrid hade inte haft så mycket med Liam att göra tidigare, men han han satt i närheten av hennes plats. Han var ung, lång och bred. Intrycket han gav gjorde att man tvivlade på att han skulle få plats att gå genom dörrhålet men bevisligen tog han sig in i möblerade rum.

"Så hur känns det att jobba här?" sa han med ljus och vänlig röst.

"Det känns bra, omtumlande, mycket att smälta, helt klart." sa hon och log. Han log förstående. De fortsatte uppsluppet trevligt småprat en stund och Sigrid kände sig avslappnad för första gången på sitt nya jobb. Liams arbetsstation såg inte ut som alla andras, han hade fler skärmar och leksaker än någon annan.

"Vad jobbar du med?" sa hon och lyfte på en plastig gubbe som stod på en hylla. Liam såg lite nervös ut när han såg att Sigrid pillade på hans limited edition gubbe som hade tagit honom två år att hitta på skumma sajter på nätet.

"Jag tror vi kan säga IT-ansvarig." Fick han fram när han kunde andas igen efter att Sigrid ställt tillbaka gubben på hyllan. Varför hade han ens tagit med dem till jobbet? Undrade han för sig själv, men visste svaret. För att det var fullt hemma.

Snart var Sigrid tillbaka i gummistövlarna på vallarna. Den här gången med Liam och drönaren. De hade kommit dit landvägen, Liam var betydligt mer pratsam än Nick men höll sig på avstånd till vattnet. Hon frågade om hans familj, då lös han upp och började prata ordentligt.

"Mamma är människa, hon jobbar inom reklambranschen och flyttade till Stockholm för många år sedan. Jag och mina systrar växte upp med pappa som är stentroll, bonde och självutnämnd skogvaktare."

"Har du många systrar?"

"Tre, varav två är mina trillingsystrar."

"Oj, er pappa måste ha haft fullt upp!"

"Ja, vi hade ganska fria tyglar ute på gården och i de småländska skogarna."

"Småland? Hur kom du till Linköping?"

"Jobbet antar jag. Jag är bekväm i skog och mark, men det är i den digitala skogen jag frodas." sa han och lät som en programledare för ett naturprogram. Sigrid gjorde sitt bästa för att koncentrera sig på att balansera i gyttjan. Liam fortsatte: "På tal om den digitala världen. Är du möjligtvis Siggy532?" sa han. Sigrid tittade förvånat på honom.

"Ja, hur visste du det?"

"Jag håller lite koll på alla nätverken, även de lite mörkare i vår värld, och du dök upp för några veckor sedan." Att han höll lite koll på nätverken var årets underdrift, han hade stenkoll på allt, han hade mycket mer koll än hans chefer insåg eller för den skull ville veta. "Du kan inte ha sovit mycket de senaste veckorna med tanke på alla sökningar." sa han när han pekade på nästa provtagningsplats.

"Ah, du är Den typen av IT-avdelning. Inte så mycket 'Hjälp-jag-har-spillt-cola-i-tangentbordet-och-nu-fastnar-bokstaven-V-hela-tiden' utan kanske mer… övervakning?" Liam skrattade.

"Det där med tangentbordet har faktiskt hänt också, men nej, det är inte min huvuduppgift." Han ville inte gå in i detalj på vad han gjorde, istället sa han "Kallas du Siggy?"

"Ibland, mest av mina barndomsvänner. Men om du vill kan du kalla mig det också." sa hon och log mot honom. Sigrid tyckte sig ana ett litet leende. "Har du något smeknamn?"

"Inga jag vill uppmuntra till." sa han med sammanbitna tänder och en skugga av allvar drog hastigt över hans ansikte. Sigrid anade att den snälla, stora killen med ljusa rösten och sitt lätt feminina manér hade fått många smeknamn under sin uppväxt.

*　*　*

Tillbaka på kontoret fortsatte de omfattande efterforskningarna till giftläckorna. Sigrid hade blivit nedskickad i arkivet. Det var en mörk källare utan fönster. Det luktade fukt och gamla dokument. Innanför dörren i det dunkla rummet satt en medelålders man med bister uppsyn, framför honom fanns en namnskylt som såg ut att ha stått där sedan 60-talet. "Stiv Bäck, Huvudarkivarie"

"Hej, jag heter Sigrid, jag ska leta efter lite dokument, om det går bra?" Mannen fnös till svar. Sigrid tog det som ett godkännande och fortsatte in i källarlokalen, där stod rader med hyllor, kors och tvärs, det var blandat "nyare" pärmar som såg ut att komma från 90-talet med dammiga dokumenthållare som såg ut att ha flera hundra år på nacken. Hon sökte i alla typer av ordningar hon kunde komma på; alfabetiskt, kronologiskt, typ av dokument och så vidare, men det kändes mer som tur än skicklighet när hon hittade något. Hon tog med sig ett par pärmar och gick för att prata med Stiv.

"Hur vet jag vad som finns digitaliserat?"

"Lilla gumman, du får väl söka på det digitala."

"Okej, när blir något digitaliserat då?

"När någon frågar efter det."

"Men hur ska man veta att det finns om det inte är digitaliserat?"

"Man får väl kolla i arkivet." sa han med ett hånflin och pekade med hela handen ut mot labyrinten av hyllor. Nick kom in bakom henne. Han hade hört utbytet.

"Är det inte bättre att digitalisera allt så man vet vad som finns och det blir sökbart?" sa Sigrid.

"Här nere är det perfekt ordning och sökbart om man vet hur man ska leta, det är bara ta dina taniga ben och gå och leta, de som vill leta rätt på saker vill bara ändra på hur det alltid har fungerat. Då faller systemet. Dessutom har jag inte tid med sånt."

"Men om…"

"Eller hur Nick?" sa Stiv med ett hånflin. "Du vet hur det är, du har jobbat här länge." Nick höjde på ögonbrynet.

"Hur menar du nu?" frågade Nick.

"Man kan inte bara komma och ändra på saker. Vi har traditioner som har stått i flera hundra år."

"Då är det väl dags att modernisera, tycker du inte?" sa Nick slentrianmässigt. Stiv tappade hakan och såg förnärmad ut. Nick vände sig till Sigrid: "Har du hittat vad du sökte?"

"Jag tror det."

"Kom, vi har hittat ny information, jag försökte messa, men det är ingen täckning här nere."

"Oi!" ropade Stiv. "Vart tror du att du ska? Jag måste registrera vad du tar ut härifrån!" Sigrid tittade frågande på Nick som ryckte på axlarna.

"Visst." sa hon kort och de båda stod och trampade medan Stiv, på ett papper, skrev ner vilka dokument hon tog med sig.

"Ditt ID kort." Sigrid visade sitt ID. "Signatur här." Sigrid signerade. Stiv ryckte åt sig pappret innan hon skrivit helt klart så det blev ett sträck på signaturen.

"Kan jag gå nu?" frågade hon, Stiv tittade på de två och… morrade han? Nick la handen på Sigrids rygg och förde henne mot dörren medan han fortsatte hålla koll på Stiv.

"Stiv är ett original, men riktigt så där illa brukar han inte bete sig." sa han när de var på väg upp i trappen.

"Morrade han just åt oss?"

"Jag tror det. Jag har aldrig sett honom bete sig sådär. Han vet väldigt mycket om hur allt funkar historiskt men jag får känslan av att han har en helt annan agenda ibland."

6.

"Vad har du för planera för midsommar?" frågade Liam Sigrid vid kaffemaskinen en dag i en välbehövlig paus från den tunga utredningen.

"Jag har inte så mycket planer, jag skulle åka till några vänners landställe men de bestämde sig för att åka till Spanien istället."

"På midsommar?" sa Liam förvånat.

"Precis vad jag sa!" sa Sigrid. "Ska du hitta på något kul? Åka till Småland och vara med familjen?"

"Jag har en kompis i närheten som har en fin stuga vid vattnet, det blir en lugn fest, massa väsen folk, vi försöker hålla oss undan på midsommar, så all annan magi får plats." sa han och gjorde en fånig min och fnittrade. "Vill du hänga med?"

*　*　*

Sigrid satt ensam på bryggan i den ljusa midsommarnatten. Hon badade fötterna i det ljumma vattnet, det låg en skugga runt henne och vinden drog lite kallt om ryggen. Det hade varit en oerhört trevlig dag och kväll med många nya bekantskaper. Det hade varit förvånansvärt traditionellt med sillunch, plocka blommor, grillning och massa gott att dricka. Sällskapet hade börjat lugna ner sig och dela upp sig och hon passade på att ta en lugn stund för sig själv. Hon drog armarna runt sig precis när hon kände en filt runt axlarna.

"Det är kallare än man kan tro." sa Nick och satte sig bredvid henne.

"Tack." De satt tysta en stund. Nick kavlade upp linnebyxorna och satte sig ner och dinglade med fötterna i vattnet bredvid Sigrid. De båda hade omedvetet under kvällen alltid hamnat i närheten av varandra. "Det är bara för att vi är bekväma med varandra, eftersom vi jobbar ihop" resonerade Sigrid. Nick kunde bara inte låta bli att vara nära henne. Han la sig ner på bryggan, några få stjärnor kikade fram på den ljusa himlen.

"Vad har du gjort här?" sa Sigrid och drog med fingret längs ett ärr på Nicks knä. Det var ärr efter perioder i hans liv han gjorde allt för att glömma men samtidigt för alltid ville komma ihåg. Han lyckades hålla minnena av skadan på avstånd. Han njöt istället av hennes beröring.

"Vi kan kalla det en fotbollsskada." sa han. Sigrid var mosig av allt rosé och nöjde sig med svaret. Istället la hon sig ner bredvid honom.

"Åh! Är det Karlavagnen?" frågade hon och pekade ospecifikt mot himlen.

"Du har så många frågor jag inte kan svaret på." sa han roat.

"Men kan du inte Karlavagnen?"

"Astronomi har inte varit mitt huvudämne." sa han roat.

"Då säger vi att det är Karlavagnen." konstaterade hon. "Du, Nick?"

"Mmm…" Hon vände sig om och tittade på varandra.

"Du är kanske inte så dum ändå." sa hon och petade på hans kind.

"Oj, vilken komplimang! Har du verkligen armbandet på?" frågade han och tog hennes hand och inspekterade armbandet. Det satt där det skulle.

"Kommer du ihåg när du satte på det armbandet?"

"Ja, det var bara några veckor sedan."

"Jag kan inte tänka mig hur mycket som har hänt sedan dess. En helt ny värld har öppnats på något sätt."

"Känns det okej? Det är svårt att få ogjort. Lite som The Matrix, men du fick aldrig välja piller."

"Det känns bra, av någon anledning som att jag har hittat hem lite när jag har träffat er. Å Liam! Liam är underbar." sa hon med glittrande ögon. Ett sting av svartsjuka letade sig in i Nick, han hann tänka alla möjliga elaka tankar om snälla Liam. "För att inte tala om Greta!" fortsatte Sigrid och Nick försökte hålla kvar vid att han tydligen inte var så dum ändå. "Nu vill jag bada!" utbrast Sigrid och började ta av sig tröjan.

"Nej, nej, nej!" sa Nick och stoppade henne. "Ta det en annan gång, med lite mindre alkohol i kroppen." Hon lugnade sig och drog ner tröjan igen.

"Tråkfis." mumlade hon och la sig med huvudet i hans knä och somnade.

*   *   *

"Det var precis som vi trodde." sa Nick på ett möte med hela avdelningen. "En olaglig dumpsajt som läcker ut i Stångån. Vi har försökt spåra ägarbytena av marken som varit åtskilliga den senaste tiden efter att ha ägts av samma släkt i flera hundra år, Sigrid har gjort ett förträffligt jobb med historiken. För tillfället verkar den ägas av ett skalbolag som vi har spårat till en tidigare anställd i vår organisation. Det är nog därför allt det här har kunnat gå oss så obemärkt förbi. Läckaget stoppade jag tillfälligt tidigare men hela platsen måste saneras." Sigrid var chockad. Det var det han hade gjort under ytan hela den tiden, att han inte hade sagt något utan bara stoppat en giftig läcka med sitt eget liv som insats. Hur kan han äventyra sig själv på det sättet?! Sigrid drog häftigt in andan när hon insåg vad som hade hänt, men ingen annan tog notis.

Ärendet var löst, det hade gått vidare till polisen och andra instanser för att hantera fortsättningen. Nick fortsatte att prata och efter mötet var stämningen uppsluppen.

"Bra jobbat Nicke och Siggy!" sa Liam och dunkade Nick i ryggen.

"Du med." sa Sigrid generat.

"Siggy?" sa Nick.

"Mmm?" sa hon och vände sig om.

"Kallas du det?" Nick hade aldrig varit svartsjuk tidigare så han visste inte riktigt vad som hände med honom. Hur nära var de egentligen? Han hade spenderat mer tid med henne, varför fick Liam kalla henne för Siggy?

"Ibland." svarade Sigrid lugnt medan hon sorterade några papper på sitt skrivbord. Han trodde han hade lärt känna henne ganska bra under den här korta tiden, men hela tiden dök det upp nya saker.

"Åh." sa han. Greta nickade åt honom från andra sidan rummet att komma in på hennes kontor.

"Det är bekräftat, det är Cissi som står bakom skalbolaget. Vi tar det med HR och ser hur vi informerar resten av avdelningen officiellt. De flesta vet nog redan via ryktesspridning trots att vi försökt stoppa det."

"Ja, Rebecca har gjort en bra insats som inofficiell internkommunikatör även den här gången." sa Nick med stel röst. Båda var tysta en stund.

"Jag har en dålig känsla." sa Greta efter en stund. Nick tittade upp.

"Jag med!" sa han förvånat.

"Det är något stort på gång. Men vad? Jag trodde att det var det här men det verkar vara något annat. Här om dagen betedde sig Arkiv-Stiv konstigt mot mig och Sigrid också. Vi får avvakta och hålla ögonen öppna helt enkelt." sa Nick. Greta funderade hårt en stund för att försöka lägga ännu en pusselbit på plats. Sedan vaknade hon upp ur sin koncentration.

"Den knäcker vi inte nu. Ta med gänget på stan, det är fint väder och vi får passa på att fira delsegrar."

"Häng med du också!"

"Du vet att jag är för gammal för sånt där."

"Struntprat, du är så gammal att du inte bryr dig om du är för gammal."

"Vem kallat du gammal?!" det vänskapliga käbblet fortsatte en stund till.

"Gå nu!" sa Greta till sist och puttade Nick mot dörren.

7.

Det lilla gänget tog en AW på Stora Torget och åt och drack i godan ro, de firade det avslutade projektet och att många skulle gå på semester. En ytlig bekant till Nick (han hade många) slog sig oombedd ner vid bordet.

"Fan, Nick, det var länge sedan man såg dig ute i svängen! Vad har du haft för dig?" Nick var lite obekväm, han hade dragit ner ordentligt, för att inte säga helt, på raggandet och drickandet på sista tiden.

"Jag har varit lite upptagen, men vet du vad?" Nick reste sig upp och la armen om den bekanta som han inte mindes namnet på. "Jag har någon du behöver träffa!"

"Åh, fan! Vem då?" Nick förde bort mannen mot baren, där stod bartendern och torkade glas.

"Hon har kollat in dig hela kvällen." Men jag kom ju just hit tänkte han förvirrat men var glad ändå, det var en söt bartender.

"Det här är… Förlåt, jag har glömt ditt namn…."

"Elisa!"

"Elisa! Det visste jag ju. Det här är Stefan, ge honom det han vill ha, jag bjuder." Bartendern kände igen Nick väl och visste vad som gällde, fri sprit och håll honom borta från bordet. Nick satte sig ner vid bordet igen och kände sig bekväm igen, hans ben snuddade Sigrids. De hade spenderat största delen av kvällen i direkt anslutning till varandra.

Efter att barerna hade stängt avslutades kvällen i Nicks luftiga lägenhet och folk droppade av en efter en. Nick fick putta ut Rebecca genom dörren.

"Men hon är ju kvar!" sa hon som en trotsig sjuåring och pekade på Sigrid som hade somnat på soffan.

"Ja, jag ska väcka henne och se till att hon kommer hem. Men först behöver du gå." Rebecca accepterade det aldrig riktigt men en dörr i ansiktet som dessutom låstes går inte att misstolka. Hon må vara lite påverkad av alkohol, men ilskan gick inte att ta miste på. Hon hade flirtat med Nick hela kvällen, han hade varit glad och lett massor och varit mer avslappnad än hon någonsin sett honom. Och nu fick hon en dörr i ansiktet?! Rebecca kokade av ilska på vägen hem.

Sigrid har krupit ner i soffan iklädd en hoodie hon hade fått låna och försvann nästan i den. Nick satte sig på golvet bredvid henne och lyfte lite på luvan.

"Sover du?"

"Mm…" mumlade hon. Han flyttade några lockar ur hennes ansikte.

"Drar du i mina lockar?" sa hon utan att öppna ögonen.

"Skulle jag aldrig göra" sa han tyst och fortsatte tvinna håret i sina fingrar.

"Den senaste som drog i mina lockar och inte åkte på spö var Henry, han är fem."

"Det är därför jag passar på när du är halvt utslagen." hon log och öppnade ögonen.

"Har alla gått?" frågade hon yrvaket och tittade sig runt.

"Ja, du är sist kvar. Jag kan fixa en taxi åt dig." Han andades in och höll andan och sa "eller så kan du stanna." Ordet "tillsvidare" ekade i hans huvud men han lyckades att inte säga det högt. Han hade aldrig känt så här tidigare och var ute på djupt vatten. "Du kan ta sängen så kan jag ta soffan." sa han i ett försök att vara gentlemannamässig. Sigrid vände sig mot honom och tittade yrvaket på honom, det såg ut som hon skulle somna när som helst, han ville lyfta upp henne och bära in henne i sovrummet. Hon studerade honom.

"Dina läppar brukar se ut att smaka jordgubb, men nu ser de ut att smaka som en blandning av hallon och blåbär." sa hon och petade försiktigt på hans underläpp. Blodet rusade runt i hans kropp, hjärtat bultade och hans öron hettade men han försökte verka oberörd.

"Jasså? Jag tror det är det där hemska rödvinet du insisterade på att beställa."

"Det är en fråga jag velat ställa sedan vi kom hit." sa hon långsamt. Deras ansikten var vid det här laget väldigt nära varandra.

”Mmm…” sa Nick.

”Får jag testa flygeln?” sa hon och satte sig tvärt upp i soffan. Det var inte den frågan han var beredd på eller hade hoppats på. Han lutade sig lite generat bakåt.

”Visst! Jag har inga grannar som bryr sig.” och kastade ut handen mot flygeln som någon slags välkomnande gest. Han var generad, både för att ha låtit det nästan hända och för att ha blivit nobbad. Det var första gången någonsin.

Sigrid satte sig vid flygeln, det hettade om kinderna och öronen. Åsynen av tangenterna lugnade ner henne. Hon drog med handen över dem, testade ett E, tangenterna var perfekt avvägda. Hon började spela på den senaste sången hon hade komponerat och glömde helt bort tid och plats. Det var första gången som Nick såg den på allvar. Den stora skuggan som stod bakom henne. Greta hade berättat om den men han hade aldrig lyckats se den. Skuggfiguren var två och en halv meter lång och suddig i kanterna. Sorgeskuggan kallades den. Den följer personer som förlorat en närstående. Det skar i Nicks hjärta både av att se skuggan och höra den fantastiskt vackra låten. Så många känslor på så kort tid, han var inte van vid det, vad fan var det i den där sista drinken? Tanken att han kunde vara kär på riktigt slog honom inte, istället plockade han upp telefonen och filmade när hon spelade. Tempot och känslan i låten växlade flera gånger men återkom i ett suggestivt mönster. De sista tonerna klingade ut och Sigrid tittade upp.

”Oj, förlåt, jag försvann visst för ett tag.” sa hon.

”Låten var fantastisk.”

”Tack. Jag skrev den till min pappa, det tog några månader innan jag kunde skapa något igen efter att han hade gått bort. Nu verkar jag inte kunna sluta. Det är som att jag desperat försöker bevara våra minnen och hela vår relation i musiken.” Nick såg på henne och lyssnade. ”Oj, förlåt, för mycket information.” sa hon generat.

”Nej, absolut inte. Jag är glad att du känner att du kan prata med mig.” Hon noterade att hans ögon inte längre såg läskiga ut ens på nära håll. Hon visste att han var en fantastisk musiker, det kom liksom med jobbet, men hon hade aldrig hört honom spela.

”Kan du inte spela nåt?” frågade hon.

”Visst! Vad vill du höra?” Han ville desperat muntra upp henne och satte sig bredvid henne på pianostolen. ”Något sånt här?” han började leka med melodier till kända låtar och vävde ihop dem med varandra.

Hela tiden sneglade han på skuggan bredvid henne, den bleknade lite. Han visste att den inte försvann helt men han var glad att den åtminstone inte syntes så tydligt längre. Efter några minuter somnade hon mot hans axel och han bar in henne i sovrummet och la henne på sängen och drog täcket över henne. Hon vred på sig när han gick ut ur rummet,

"Nej, stanna" sa hon. Han kunde inte låta bli att le, han ville inget hellre men var också beskyddande, både för henne och för deras relation, han vill inte sabba något.

"Jag vet inte om det är en så bra idé." försökte han.

"Du kan bara sova här bredvid, jag vill inte sova själv. Kom igen! Vi sitter ju en halvmeter ifrån varandra hela dagen, här är det typ en meter emellan i den här stora sängen."

"Men det är skillnad på kontoret och mitt sovrum."

"Det är bara geografi, jag lovar att inte röra dig. Snälla." Han såg skuggan stå vid sängkanten och titta på henne där hon låg sömnig på sängen.

"Okej…" sa han och la sig påklädd ovanpå täcket och somnade direkt.

När Nick vaknade på morgonen sov Sigrid på hans axel och höll honom i ett fast grepp. Han funderade på om han borde få panik eller bara njuta men fanns sig till ro i det sistnämnda. Han pillade på hennes armband, för första gången sedan de träffades ville han ta av det bara för att få se henne dyrka honom, men för första gången i hans liv kändes det viktigare att hon kände hans riktiga jag.

"Du doftar skogstjärn", sa hon nyvaket efter en stund.

"Förlåt, jag ska duscha…" sa han och började resa sig.

"Nej, jag gillar det." sa hon och andades in honom, han fick rysningar i hela kroppen och fick andas djupt för att lugna ner sig.

"Du skulle ju inte röra mig, sa du." sa han och retades.

"Förlåt!" sa hon och började dra sig undan.

"Nej, inte för min skull." sa han och drog henne försiktigt närmare. "Men det här var inte vidare professionellt, känner jag." sa han.

"Professionellt? Det försvann ut genom dörren dagen du näckade och hoppade i Stångån." sa hon och borrade in sig i hans bröstkorg.

"Ah, det hade jag glömt." sa han och försökte minnas att andas.

"Inte jag-" sa Sigrid fast hon trodde hon sa det för sig själv. Nick log. Sigrid kände lukten av sig själv och satte sig tvärt upp i sängen. "Har du en handduk jag kan låna? Jag måste duscha." Det brukar vara han som skjuter ut ur sängen på morgonen, han ville bara ligga kvar, nära henne. Istället svarade han:

"Visst det finns i skåpet, det är bara ta vad du vill där."

Nick gick ut och började göra frukost. Han hackade melon, rostade bröd och gjorde en perfekt kopp kaffe enligt konstens alla regler i den stora maskinen. Han tittade på termosmuggarna han hade stående på bänken för att ge till sina nattgäster han ville bli av med. De hade börjat bli dammiga, han log lite och ställde ner muggarna i ett av de där skåpen man aldrig öppnar igen och hällde kaffet i sina mest omtyckta muggar. När han fyllde på Sigrids kopp med havremjölken hon gillade övervägde han på att göra ett latteart hjärta, men valde att spela cool och istället göra en blomma. Duschen tystnade och snart klev en fortfarande halvblöt Sigrid in i köket iklädd endast en handduk. Nick gjorde sitt bästa för att inte stirra, Sigrid noterade hans blossande kinder och log nöjt för sig själv.

"Du ser ut att må bättre." sa han.

"Ja, tack. En dusch gör susen mot baksmällan, å kaffe! Underbart!"

Nick ville både svepa in henne för att skyla och beskydda henne samtidigt som han önskade av hela sitt hjärta att den där lilla centimetern av handduk som var instoppad och höll upp hela arrangemanget skulle bara släppa och falla till marken. Istället sa han nästan mekaniskt:

"Jag la lite rena kläder på sängen, om du vill låna." Hon gick in i hans sovrum och la märke till vattenfallet längs ena väggen, hon hade inte märkt det tidigare, men det är klart, hon var lite klurig igår kväll. Väggen var gjord av glas och på sidan in mot sovrummet porlade vatten, Sigrid kände på vattnet, det var kallt och friskt. Hon kunde inte låta bli att le åt det, "så typiskt Näcken" tänkte hon. Det enda som saknades var stilistiska bilder på näckrosor. Ah, dom hängde i vardagsrummet såg hon.

Frukosten var avslappnad, fylld av den naturliga närhet som de hade utvecklat under sommaren. Efter frukost tog de en promenad längs Stångån som visade sig från sin finaste sida. Den klarblåa himlen, svala brisen och det natursköna området runt ån speglade sig i vattnet som fläckvist var täckt av näckrosor. Svalorna flög lågt över vattnet och fångade myggor. Abborrarna lekte runt bryggorna.

"Känns det här som dina hemtrakter?" sa Sigrid och Nick tittade sig

                                      Liselott Lindberg

lite förläget runt ån och såg gräsmattor fyllda av soldyrkande ungdomar och barnfamiljer.

"Nja, ån kanske men är inte helt bekväm med alla människor som hänger här. Men jag trivs i miljön."

"Stämmer det att där näckrosor finns, där gömmer sig Näcken?" frågade hon, Nick skrattade till.

"Kanske förr men nu växer de som ogräs här och jag kan inte vara överallt." De gick bredvid varandra, sakta i något så ovanligt som en bekväm tystnad.

"Tror du ån repar sig?" frågade tillslut Sigrid oroligt.

"Jag tror det. Den har redan börjat återhämta sig men det kommer ta tid och arbete." Sigrid tittade på Nick

"Du passar in här." De stod på en träbro vid ett övervuxet parti. Stångån var spegelblank och flöt sakta förbi, änderna gjorde det som änder gör.

"Det är fint här men inte som hemma."

"Hemma?" sa Sigrid förvånat.

"Ja, jag har en plats som jag kallar mer hemma än här."

"Lägenheten?"

"Nej, lägenheten är mer en bostad. Hemma är en helt annan plats, men inte så långt bort." Nick tittade på Sigrid. "Du kanske får se den någon gång."

"Gärna." log hon och hade fjärilar i magen.

8.

Lördagen hade flutit i snigelfart och Sigrid var rastlös. Hon kunde inte släppa tanken på gårdagen och morgonen med Nick. Hon ville prata med honom, gårdagsnatten hade varit vardagligt magisk. Hon gav sig ut på promenad utan någon direkt plan. Hon gick längs ån och hörde hans gitarr på lång väg, när hon kom fram såg hon att ett antal personer hade samlats och dansade till hans musik på det lilla torget vid Kärleksbron. Han hade en fantastisk röst. Hon ställde sig vid sidan av folkmassan och tittade på honom. Snart såg han henne och nickade mot henne och log genuint. Musiken var varierande, han körde en del covers som fick igång folksamlingen ännu mer. Sigrid såg att alla var som förtrollade och kunde inte låta bli att undra hur det var att dansa till musiken. Det kändes lite som att hon var sugen på att testa droger. Hon gungade lite i knäna, men det var absolut inte samma som alla andra upplevde. Hon kikade på sitt armband, tittade runt i folkmassan, var det någon från jobbet här som skulle känna igen henne? Inte vad hon såg. Hon smög fram till Nick som följde henne med blicken men slutade inte spela och sjunga. När hon stod bredvid honom tog hon av sig armbandet och la det i hans byxficka. Nick blev lite chockad men tappade aldrig en ton i låten och log lite, innan hon hann ge sig ut i folkmassan var han snabb att ta hennes handväska där han visste att hon hade telefonen för att hindra henne från att skicka pengar. Han ville inte ha ett öre av hennes pengar.

Sigrid föll snabbt in i rytmen från musiken som uppfyllde hela hennes väsen. Alla andra tankar försvann, all oro och alla funderingar var som bortblåsta. Hon var bara där och då, det enda som spelade roll var att vara ett med musiken. Stämningen var hög, ibland krockade hon med andra i folksamlingen men glädjen var euforisk, det kändes som att alla hoppade unisont i slowmotion.

Nick hade stått och spelat i ungefär en timme när Sigrid dök upp. Han hade varit glad att se henne och blev lite road när hon tog av sig armbandet. Men valet var helt hennes. Han ville ge henne en riktig upplevelse och gjorde verkligen sitt bästa samtidigt som han inte tog i för hårt, han ville ta hand om henne när han styrde publiken med sin musik.

Nick var helt inne i musiken och upplevelsen när han kände en alltför välbekant iskall blixt genom kroppen, det började i hälarna och spred sig längs baksidan av benen, upp i ryggraden och ut i hela kroppen. Istappar spelade melodier på hans ryggrad. Han kände igen det från drömmen och från tidigare erfarenheter. Helvete, nu hände det igen, paniken började sprida sig i hans kropp. Den euforiska publiken framför honom delade sig ovetandes och där stod hon: Kvinnan vars liv han skulle bli tvungen att offra.

"Vem som helst", tänkte han "men inte Sigrid." Paniken exploderade i honom. Han hade blivit Kallad och personen vars liv han skulle bli tvungen att offra inom en månad var Sigrid. Hans hjärta sjönk likt en sten till botten av en mörk tjärn och borrade ner sig i dyn. Han fick svårt att andas, tappade gitarren och sjönk ner på knä. Sigrid rusade fram till honom.

"Hur mår du?" frågade hon när hon satte sig på huk och strök honom över håret. Han tittade upp på henne och såg blicken, den där blicken där hon bara vill drunkna i hans ögon, han hade längtat efter den men blev istället rädd och famlade i fickorna efter armbandet och trädde det snabbt över hennes arm. Oron i hennes blick fanns kvar även när förtrollningen mattades av. "Är du okej?" frågade hon. Han kunde inte svara utan bara kramade henne, hårt.

"Förlåt." sa han och strök henne över håret. Sigrid blev orolig.

"Vaddå", sa hon och kramade honom tillbaka. "Du har ju inte gjort något." Han hade svårt att hålla tillbaka tårarna. Han harklade sig och sköt henne lite ifrån sig.

"Jag måste sticka. Det har hänt en grej." Han reste sig upp och rafsade ihop sina saker. "Förlåt." sa han lågt igen och försvann ned längs gatan. Sigrid stod kvar, fortfarande svettig efter dansen, nu även förvirrad. Folksamlingen skingrades bakom henne.

Nick visste inte hur han skulle hantera situationen så han tog till det enklaste sättet. Han gick in på närmaste pub, satte sig i baren och började tömma den på sprit. Att känna när det bränner i halsen var det minsta straffet han kunde ge sig själv. Det här var bara början. Han ville bedöva sig själv, samtidigt som han ville straffa sig själv. Glömma och straffa.

Nick vaknade med ett ryck på soffan i gårdagens kläder, han mindes inte hur han kom dit. Drömmen han hade haft om Sigrid som drunknar i hans armar låg kvar i hans medvetande. Han var genomsvettig och andades häftigt. Smaken av gårdagens alkohol och vetskapen om kommande död gjorde honom illamående och det var knappt han hann fram till toaletten.

* * *

På måndagen var Sigrid orolig. Han hade inte svarat på något av hennes meddelanden men hon såg att han hade läst dem. Alltså levde han, eller i alla fall den som hade tillgång till hans telefon och man fick ju utgå från att det var han.
"Nick är hemma ett par dagar, ni vet vad ni ska göra eller? Säg till om ni har några frågor." sa Greta rakt ut i kontorslandskapet som ekade tomt eftersom det var semestertider. Sigrid tittade på Liam, han såg oberörd ut.
"Är det vanligt att han är borta sådär utan att säga något?" Liam tittade upp och log vänligt.
"Inte helt, men det händer, han är säkert bara förkyld eller något. Oroa dig inte, säg till om du har några frågor." Sigrid hade massvis med frågor, det hade hon alltid, men ingen av dem rörde jobbet. Hon kunde inte få fredagen och lördagens scener ur huvudet. Först den mysiga och

intima men händelselösa natten, sen euforin av att få dansa till Nicks musik och bara slukas upp av förtrollningen, för att sedan förföljas av hans ansiktsuttryck när han såg ut att nästan svimma. Något måste vara fel. Hon skickade ett nytt meddelande "Krya på dig!" det lästes inte på hela dagen.

*　*　*

Greta satt vid Nicks köksbord med en orörd kopp pulverkaffe framför sig. Hon såg chockad ut och inte bara för att det visade sig att Nick även hade pulverkaffe hemma.

"Menar du att du blivit kallad? Och att Sigrid är utvald?" Nick stod lutad mot diskbänken med sänkt huvud. Han nickade.

"Jag vet inte vad jag ska göra." sa han lågt, han kunde inte hålla snyftningarna tillbaka längre. "Jag kan verkligen inte göra det!" Han andades djupt och ostadigt. "Inte igen. Inte hon... Fan."

"Men kan du inte prata med henne? Hon kanske förstår?"

"Vem kan förstå sånt här? 'Ursäkta, men jag har fått i uppdrag av högre makter att döda dig, annars dör en satans massa andra människor. Är det okej med dig eller?'" Det här var precis varför han alltid hållit sig på avstånd från folk, aldrig kommit någon riktigt nära. Men det hade inte funkat med henne. Hon var annorlunda, det gick inte att hålla avstånd till henne. Han lyfte likörflaskan till munnen och drack den söta sörjan med en äcklad min och för en tusendels sekund, ett lite lättare hjärta. All bra sprit hade tagit slut, nu straffsöp han med kvarglömd likör. Greta tittade oroat in i väggen, det var inte ofta men hon visste inte råd. "Det är ju helt jävla medeltida, hur kan någon få kräva en sån sak av någon?! Det är ju för fan en demokrati vi lever i! Det är ju stadssanktionerat mord!" skrek han så spotten flög.

"Tyvärr, just vi lever inte i demokrati, vi lever i byråkrati, allt runt oss styrs av de här uråldriga reglerna. Du vet hur det är."

"Men det här kan inte vara lagligt, vi måste hitta ett sätt att stoppa det! Inte bara för att jag inte vill, utan för att så här kan det inte gå till! Vi ser ju alla felet, allt är baserat på fördomar som hanterades för 250 år sedan, världen ser annorlunda ut."

"Ja, så pass annorlunda att ingen skulle tro på det om du berättade." sa Greta eftertänksamt.

"Det måste ju finnas ett annat sätt att lösa det här, det finns ju massa såna här regler och undantag och paragrafer, på något sätt måste vi kunna hitta ett kryphål. Det här är inte rimligt." Han sjönk ihop på golvet och tömde likörflaskan. Greta gjorde sitt bästa för att koppla bort moderskänslorna och vara professionell.

"Vi behöver tillsätta en grupp, en liten elitgrupp som sätter sig ner och går igenom det här. Jag vet att det är svårt det är så många år av snåriga paragrafer och ingen har sett sambanden på flera hundra år, men vi måste lösa det så vi kan komma ur det här." Nick försökte ta ännu en klunk ur den nu tomma likörflaskan. Greta tittade på honom med ömkan och besvär.

"Nu vet vi i alla fall vad det var de dolde för oss." sa Nick. Greta nickade. Han vinglade iväg till sängen och stupade ner. Han drog tröjan åt sig som Sigrid hade haft på sig när hon sov över. Han kände hennes doft. "Kärlek utan magi, så vanligt, så uppslukande. Och så förödande", hann han tänka innan han slocknade.

*　*　*

Meddelandet från Nick hade varit kort: "St. Patricks?". Dess såg alltid fram emot att träffa Nick så han begav sig dit. Nick hade övertalat bartendern att lämna flaskan vid bordet men efter första glaset satt han bara och stirrade på den. Dess kommer in från den regnvåta gatan in i den ännu mörkare baren och ser den bedrövade Nick.

"Vad fan är det med dig?" Frågar han och kastar sig ner mittemot Nick.

"Var börjar man?" Tänkte Nick och tittade apatiskt på sin gamla vän. Dess var upptagen med att på teckenspråk försöka få bartendern i andra änden av lokalen att komma med ett glas.

"Har du leg?" sa bartendern och tittade skeptiskt på den mycket unga mannen i svart hoodie och stora hörlurar. Dess visade stolt upp sin legitimation och bartendern tittade skeptiskt på honom, mumlade och ställde ner glaset. Dess hällde upp ett glas drack sakta den gamla

  Liselott Lindberg

whiskyn men tröttnade snart på att vänta på att Nick skulle säga något.

"Det är lite ovant att se dig utan någon hängande efter dig, hur är läget?"

"Jag har dragit ner drastiskt på det där."

"Varför då?!" Nick log lite sorgset åt Dess.

"Jag kanske har mognat eller något." svarade han.

"Aldrig." sa Dess och tittade snett på honom. "Vänta… Har du… Har DU träffat någon?" Nick tittade upp.

"Nej! Alltså, inte så! Nej. Men, typ kanske lite…? Men inget har hänt än." Dess sken upp och kastade sig över bordet, höll på att välta det och gav Nick en stor vänlig kram.

"Fan, grattis mannen! Det var på tiden!" sa han i en betydligt mjukare ton och klappade Nick på axeln. "Jag visste att det skulle hända till slut. Hur är hon? Är hon snygg? Hur lyckades hon få the one and only Nick på fall? Men vänta, spola tillbaka! Inget har hänt än?! Du kan ju charma fjällen av en fisk. Vad väntar du på?!"

"Jag vet, jag bara… har inte bråttom. Men vi har ett annat problem."

"Jag hörde att du blivit kallad. Vill du prata om det?" Nick tittade förvånat på honom.

"Kom igen, det är jag! Dessutom ligger jag med två tjejer nere på Ödet, de pratar om dig hela tiden. Hade jag inte känt dig hade jag blivit sotis." Nick lutade huvudet bakåt och tittade i taket. "Men vad är problemet? Det är inte som att det är första gången du blivit kallad. Jag har ju till och med varit med när dom gått vidare." Nick vred sig i ångest vid minnet.

"Vi…" började han och tittade ner i glaset. "Känner varandra."

"What?! Är det ett gammalt ligg?! Det var väl statistiskt nästan en säkerhet att det skulle hända…"

"Nej! Inte så! Vi… alltså vi jobbar ihop."

"Jobbar ihop?"

"Ja"

"Och?" Nick tittade för första gången för ikväll Dess rakt i ögonen.

"Det är hon." Dess blev chockad.

"Nä. Det kan inte vara sant?! Skämtar du? Vänta… Betyder det alltså att du måste…" han drog en tumme över halsen, spelade död och gjorde ett märkligt läte "…Tjejen du är kär i?" Nick sjönk ihop och slog pannan i bordet. "Vad säger hon då? Dom brukar ju till och med tycka det är en bra idé."

"Jag har inte berättat och vi är inte… såna. Ja, men nej, vi är inte där. Vi är kollegor."

"Menar du att Näcken dessutom går runt och är olyckligt kär? I sitt nästa offer?"

"Kalla henne inte det!" sa Nick desperat och drog händerna hårt genom håret. "Vi måste komma på något. Jag vill inte." Dess blev allvarlig och tittade sig runt i baren.

"Det är en jävla skitsits du hamnat i, men det är farligt det du säger nu." Dess kände för sin vän, men han var ute på tunn is. "Jag ska höra mig för. Men jag tror inte du kommer ur det. Jag tror inte jag kan göra något, jag ska se till att jag får vara där men jag kommer ju mest in på Slutet. Jag ska höra mig för bland tjejerna." Dess hällde upp ett glas till. "Fan, du sitter i skiten, mannen!"

"Jag vet!" Sa Nick och tittade på Dess.

"Du måste snacka med henne. Berätta allt. Av så många anledningar." Nick nickade långsamt.

"Jag antar det…" sa han och funderade på hur han skulle kunna möta hennes blick igen. Och om han berättade, skulle han någonsin få se Sigrid efter det? Han tog ett andetag och tittade på Dess "Å varför envisas du med att se så jävla ung ut? Du är ju lastgammal!" utbrast han.

"Jag vet, jag tycker det är kul när dom kollar leg på någon som i princip själv hanterade slaget vid Poltava."

"Igen med Poltava! Kan du släppa det någon gång!" sa Nick och log lite och därmed hade Dess lyckats med sitt uppdrag.

9.

Ett par dagar senare dök Nick upp på kontoret, redan i receptionen möttes han av blickar. Visste de? Rebecca stod och pratade med Stiv och de tystnade så fort Nick kom in i rummet. Rebecca klistrade på sitt ljuvaste leende och försökte glittra förföriskt med ögonen:

"Välkommen tillbaka! Hoppas du mår bättre!" Stiv bara stirrade misstänksamt på Nick.

När han kom in på kontoret såg han Sigrid det första han gjorde och känslan av hjälplöshet gjorde honom svag i knäna.

Sigrid blev inte mindre orolig när hon såg honom. Hon försökte att inte vara påstridig, men oron tog överhanden.

"Hur mår du egentligen?" sa hon och tittade på honom. Han var sliten, håret fortfarande blött efter duschen antog hon.

"Lång historia, kan vi nöja oss med 'bra'?" sa han utan att titta på henne. Istället gick han in på Gretas kontor och stängde dörren. Rökelsen låg tung på Gretas kontor.

"Hur går det? Kändes det okej att träffa henne igen?"

"Verkligen inte."

"Hitta ett sätt att berätta. Jag har jobbat på att sätta ihop en grupp som kan jobba med att reda ut hur vi kan få bort kallelsen. Vi måste självklart sköta detta utanför kontoret och riktigt, riktigt tyst. Men efter utredningen av Cissis miljökatastrof så vet jag en sak." Han tittade upp. "Vi behöver henne i gruppen." Nick skulle precis börja protestera. "Nej, du vet det! Ingen annan kunde tyda alla de gamla ägande dokumenten och faktiskt få ihop vad som stod i dem som hon. Vi behöver henne. Hitta ett sätt att berätta." Nick blev illamående igen.

* * *

Sigrid satte sig i blåbärsriset och tittade ut över tjärnen. Hon hade ju trott att det åtminstone skulle finnas ett litet hus eller så, men det var verkligen bara en tjärn i skogen. Det var en vacker plats och mitt i tjärnen fanns en liten ö med växtlighet på. Nick hade bett henne följa med till hans sommarställe eller 'grotta' som han kallade det. Hon hade inte trott att det skulle vara en bokstavlig grotta. Han verkade fortfarande frånvarande och ville inte titta på henne. Han verkade nervös och gned sina axlar.

"Har du ont?" försökte hon. Han nickade.

"Träningsvärk, jag har simmat lite för mycket de senaste dagarna." Det var ännu en underdrift, han hade försökt plöja hål i simbassängen i timmar varje dag den senaste tiden. Han visste att Greta hade rätt, han behövde berätta för Sigrid, det här var det enda sättet han kunde komma på. "Jag skulle vilja visa dig något."

"Okej." sa hon.

"Problemet är att det är där nere." sa han och pekade på den mörka tjärnen.

"Är det så här du lurar alla tjejer ner i djupet?" sa hon och skrattade. Det högg till lite i hjärtat, för det var ju precis så det var, men det var inte därför de var här. Samtidigt var det skönt att höra hennes skratt och det gjorde honom bättre till mods och han kände ända in i märgen att han hellre skulle dö än låta något hända henne. Istället för att svara tog han av sig kläderna och hoppade smidigt i tjärnen. Sigrid gjorde ett halvhjärtat försök till att låtsas inte titta när han tog av sig kläderna. Det slog henne när hon såg honom simma i tjärnen att nu var han i sitt rätta element igen.

"Är det skönt?" frågade hon och kände hur t-shirten kladdade fast på ryggen efter promenaden som hon svär på var bra mycket längre än den kilometer han hade sagt att det var från skogsvägen. Hon var varm och behövde svalka.

”Det är jätteskönt, Tjärnen är djup, så det är svalt.” Han såg lugnare ut än på länge.

”Jag har inga badkläder med mig.” försökte hon. Nick la huvudet på sned och tittade på henne.

”Inte jag heller.” sa han. Ja, det är klart näcken näckar utan problem tänkte hon.

”Okej, då får du vända dig om.” han vände ryggen mot henne. Energin från tjärnen lugnade hans sinne något efter de senaste dagarnas prövningar. Han hörde att hon klättrade ner i vattnet men vände sig inte om förrän hon tilltalade honom.

”Brr! Det är ju svinkallt!” sa hon. Nu kunde han inte slita ögonen från henne. ”Så, det här är ditt rätta element alltså?” sa Sigrid och tittade sig runt medan hon trampade vatten.

”Precis, välkommen till min enkla boning” svarade han. De tystnade och tittade på varandra. Det enda som hördes var ett vagt plaskande från vattnet när de rörde armarna och trampade vatten.

“Vad finns där nere?” frågade Sigrid tillslut. Han simmade lite närmare henne.

“Ser du stenen där?” sa han och pekade mot en mossig sten som låg precis i vattenbrynet. “Ungefär fyra meter ner under den finns en ingång till en grotta. Med luft och allt.” han tog en paus. “Vad tror du, vill du följa med?”

“Jag är inte säker på att jag kan simma så långt ner.” sa hon lite oroligt.

“Det är lugnt, jag hjälper dig. Men bara om du vill, annars kan vi strunta i grottan.” Hon tittade på Nick och simmade lite närmare, hon ville lära känna alla hans innersta vinklar och vrår.

“Har vi kommit så här långt…”

“Är du säker?” sa han tyst, nu var hon så nära att han kunde känna värmen från henne genom vattnet. Hon nickade igen och la armarna runt hans hals och drog några fingrar genom hans hår. Hans hjärta bultade och han tog lätt tag om hennes midja. Han ville stanna så för alltid och var nu rädd att han aldrig skulle se henne igen. Så han drog lite på det men tillslut måste han, för hennes skull.

”Litar du på mig?” frågade han lågt. Hon nickade igen. ”När jag säger till tar du ett djupt andetag, så simmar vi ner, jag leder dig, det är mörkt men jag ser precis var vi ska så få inte panik på vägen ner. Okej? Det är jätteviktigt.” Sigrid nickade igen. Nick vände runt henne så de kunde simma med samma simtag och se åt samma håll. Han höll henne runt midjan, nära. I det kalla vattnet var hans hud förvånansvärt varm “Är du redo?” hon nickade. ”På tre.” sa han i hennes öra. Hon nickade igen. ”Ett, två, tre.” De tog ett djupt andetag tillsammans och Nick drog henne försiktigt ner i vattnet. Han höll ett fast men ömt grepp runt hennes midja. Sigrid försökte titta runt under det mörka vattnet men det var svårt att se. Nick pekade mot en liten klippa som stack ut under vattnet och reflekterade solljuset. Sigrid började få svårt att hålla andan men Nick lugnade henne och trampade på lite fortare. Ovanför den utstickande klippan fanns en grottöppning som var bara något större än att de båda fick plats. Precis innanför öppningen skickade han iväg Sigrid med en liten knuff mot ytan i grottan. När hon bröt ytan tog hon ett djupt andetag. Nick låg lugnt bakom henne och såg till att hon kom upp till ytan i grottan ordentligt sedan bröt han ytan precis bakom henne. Sigrid försökte titta sig runt men det var bara mörkt.

“Gick det bra?” frågade han. Det ekade och rummet lät stort.

“Ja, det var lite läskigt, men det gick bra.”

“Akta knäna på den grova botten bara.” sa han. Hon kände sig runt längs väggarna i vattnet.

”Ser du något här inne alls? Det är ju kolmörkt” sa hon. Hon hörde hur han gick upp ur vattnet. Hon satte försiktigt ned en fot.

”Det är det jag har mina stora ögon till.” sa han och log. Sakta började grottan framträda för Sigrid. Hon hörde hur han gick fram och tillbaka och drog handen efter väggen, där han dragit handen tändes ett svagt ljussken som sedan spred sig. ”Det är en viss typ av alger på väggarna som regerar vid beröring.” berättade han.

”Wow, va vackert.” sa hon, det ekade. ”Eko!” ropade hon och ljudet studsade runt. ”Hur högt är det till tak?” Sa hon och började röra sig runt i den lilla poolen som visade sig vara i mitten av grottan. Hon följde kanten.

”Det är nästan lika högt i tak som vi simmade nedåt. Det är frestande att ta med en ficklampa, men då förstör man ju mörkerseendet så man ser mindre när man lägger till mer ljus. Kom upp om du vill.” sa Nick.

”Du, jag har inga kläder på mig.”

”Men det är ju mörkt.” försökte han. ”För mig, ja, du ser säkert hur bra som helst och nej tack. Lite mysterium kan vi bevara mellan oss.” Nick tänkte på hur han hade känt varenda muskel i Sigrids kropp när

　　　　　　　　　　　　Liselott Lindberg

de simmade ned.

"Ja, det är klart, sådär kollegor emellan." sa han och när satte sig ner på något som mest kunde liknas vid en säng av mossa. Algernas reaktion fortsatte sprida sig över väggarna och rummet växte åt alla håll.

"Är det hit du tar alla dina erövringar?" sa hon och retades med honom. Han funderade på om han skulle skämta men det var läge för ärlighet. Det var mer värt än ett tillfälligt skratt.

"Du är den första faktiskt." Sigrid kände sig lite generad och väldigt hedrad.

"Vad är det, på väggen där borta?" sa Sigrid och pekade något som mest liknade tre enorma konstverk som började framträda i de självlysande algerna. Nick blev tyst när han funderade över hur han skulle lägga fram det. Det fanns inga ursäkter, inga förklaringar. Att förklara skulle vara att släppa in Sigrid i sitt innersta.

"Det är lite därför vi är här. Det är inte helt... enkelt." Sigrid smekte det svala vattnet med armarna.

"Dom är ju jättefina."

"Chansen finns att du kommer hata mig när du hör det."

"Det har jag svårt att tro, jag älskar konst och de är ju fantastiska. Sorgsna, storslagna, vackra."

"Konst är ju så mycket mer än färg och form, och betydelsen bakom dom här verken är jobbig."

"Är det du som har gjort dom?" Sigrid började ana att hon äntligen skulle få svar på vad det stora som tynger honom är. Något är det och något har hänt, hon visste bara inte vad.

"Mm..."

"Har det något att göra med varför du var borta från jobbet tidigare?" Han blev inte längre förvånad över hur snabbtänkt hon var. "Du behöver inte berätta om du inte vill, men jag har nästan examen i både konsthistoria och psykologi så jag ska nog kunna ta det." sa hon för att lätta upp stämningen. Nick var nervös och tog ett djupt andetag, orden flödade ur honom, han tänkte inte ens på vad han sa, han hade förklarat det i huvudet så många gånger att det var som att ett manus han kunde utantill, ändå blev det inte som han hade tänkt sig.

"Det är för att jag aldrig ska glömma. Det är mina minnesbilder av de tre oskyldiga personer som jag har berövat deras framtid. Berövat deras familjer och vänner på tid tillsammans med en närstående. Berövat dem det enda som egentligen betyder något. Livet." Sigrid stelnade och försökte bearbeta det hon precis hade hört. Nick hade vetat att den här stunden skulle komma, han bävade för den. Skulle han någonsin ens få prata med henne igen?

"Menar du att du har dödat dem?" Han nickade ohörbart. "Men det är fyra ramar, men bara tre konstverk."

"Den fjärde har just blivit utvald. Det var det som hände i lördags." Hon tänkte tillbaka och mindes känslan, blicken genom folkmassan, suset som snart togs över av oro för honom när han kollapsade. Hon såg nu på ögonblicket helt annorlunda och förstod att det var hon. Han hörde på hennes andning hur rädd hon var. "Jag skulle aldrig göra dig illa. Det vet du."

Han hörde hur hon tog ett djupt andetag, försvann under ytan och tog ett kraftigt avstamp mot väggen och försvann ut ur grottan och upp till ytan. Han försökte att inte känna efter men hjärtat hade slitits ur kroppen och sjunkit till djupet igen. Han gick fram till väggen med konstverken och smekte sorgset över dem. Framtiden och framförallt en framtid utan Sigrid skrämde honom mer än något annat och han blev sittande på golvet framför väggen med huvudet böjt.

10.

"Menar du att du visste?" frågade Sigrid upprört.

"Ja. Eller vaddå, visste vad?" sa Liam.

"Att Nick är en mördare?"

"Det är inte riktigt så enkelt." försökte Liam.

"Har han mördat folk?"

"Ja."

"Då är det ju precis så enkelt."

"Nej, det är det inte. För om han inte hade gjort det hade konsekvenserna varit värre. Och personerna som dog, det var via avtal och de var införstådda med det."

"Hur kan man vara med på det?"

"Deras familjer räddades på något sätt i utbyte, någon blev botad från cancer, någon blev av med höga skulder osv. Allt är deals."

"Men det är ju utpressning. 'Om vi får döda dig så räddar vi din son.' Det är ju ännu värre."

"Det…" började Liam. "Greta förklarar det bättre." Och jag då? Vad är min deal? undrade hon för sig själv.

"Jag kommer aldrig kunna träffa eller jobba med honom igen." sa hon. Nick kom in genom dörren och tittade allvarligt på henne. "Finns det förresten fler mördare på kontoret?" sa hon och tittade på honom. Liam som kraftigt ogillade konflikter blev bestört när han såg att Nick hade hört vad hon sa. Liam ville dessutom helst undvika den sista frågan och tog samtalet i en annan riktning. Sigrid var för upprörd för att märka det.

"Kom igen Siggy, du känner ju Nick." sa Liam och tittade på dem båda.

"Jag trodde det." sa hon hårt och stirrade på Nick. Han ställde ner kaffekoppen på skrivbordet och gick därifrån. Liam tog ett djupt andetag och lugnade ner sig och sänkte rösten.

"Det gör du. Nu känner du hela Nick. Det goda och det onda. Om du tänker på den Nick du känner, hur tror du han mår i hela det här?"

"Det är väl för fan inte relevant! Hur mår mördaren?!" snäste Sigrid.

"Tror du han gör det frivilligt? Eller tror du att han våndas något fruktansvärt och gör allt i sin makt för att komma undan?" sa Liam.

"Ni två! In här!" ropade Greta åt dem och pekade på det lilla konferensrummet. "NU!" ingen vågade sätta emot. Nick, som redan satt i rummet, såg på Sigrid med sammanbitna käkar. Sigrid låtsades inte se honom. "Du också. In här." Greta pekade med hela handen. Hon stängde dörren efter dem. "Sitt ner och var tysta." Hon började leta efter något i skåpet.

"Jag…" försökte Liam.

"Tyst! Sa jag!" sa Greta i en ton som gjorde att man var tyst tills vidare. Hon var synbart upprörd och det hettade om öronen. Hon tog fram ett ljus ur skåpet och letade efter tändstickor. Hon såg på Liam att han ville säga något och tittade bara på honom varnande. Nick satt tyst vid bordet med armarna i kors och försökte stirra hål i bordet. Sigrid fokuserade oerhört mycket på en plats i taket. En tung doft av rökelse började sprida sig i rummet och Greta började lugna ner sig. Ingen vågade säga något. Hon satte sig ner vid kortändan av bordet, blundade och masserade varsamt sina tinningar. Utan att säga något reste hon sig igen och drog hon ur alla sladdar till elektronik som fanns i rummet. Liam pekade försiktigt på en till kontakt som satt dold bakom en TV. Greta tittade på Liam igen med höjda ögonbryn som för att fråga "Var det alla?" han nickade. Greta satte sig ner igen.

"Det är ju uppenbarligen att ni alla tre vet vad som har hänt. I korta drag: Nick har blivit kallad och det utvalda offret är Sigrid. Situationen… Är inte optimal." hon tog ett djupt andetag. "Självklart ska vi försöka förhindra detta, men det finns starka viljor i organisationen som inte vill att vi ska hitta en lösning, för det skulle få långtgående konsekvenser för hela vår värld och i förlängningen även äventyra hela Institutet. Att ni dessutom pratar om det öppet på kontoret gör inte saken bättre. Vet ni hur många och vem som lyssnar ens och vad det ni säger innebär?

Sen jag tände ljuset har tre småkryp trillat ner på golvet, alltså var det bara i det här rummet tre ytterligare som lyssnade. Det ni säger om det här kan få stora konsekvenser." Greta tog en paus, blundade och gned sig om tinningarna igen. "Vi måste hitta en lösning på det här, det här kan inte fortgå, det vet vi allihop. Jag ber nu därför er tre att samarbeta för att hitta en lösning. Jag kan inte plocka bort er från ert vanliga jobb, det skulle märkas direkt så ni får sköta det på fritiden, men jag hoppas att ni alla tre är så engagerade i det här att ni inte har något emot det?" Det var inte en fråga, det var en order. Sigrid började må lite illa av den tunga röken från ljuset.

"Ni har ingångar, följ dem. Kolla upp varför Sigrid blivit kallad, hon har ju uppenbarligen inte blivit erbjuden någon deal. Och försök förhelvete att hitta ett sätt att få bort dom här jävla kontrakten." Greta hörde själv hur omöjlig uppgiften var, det kände som hon skickade tre av sina anställda över kanten. "Å var försiktiga. Så in i helvete försiktiga." Hon kände att gruppen behövde praktisk guidning efter allt som hade hänt. "Ni ses hemma hos Nick, klockan 17.30 varje kväll under förevändningen att ni spelar rollspel. Rotera vem som fixar mat, Liam börjar. Ni går inte hem därifrån en minut före kl 22 varje dag. På lördagar ses ni kl 10. Söndagar ledigt. Prata med varandra, samarbeta."

Den lilla gruppen satt sammanbitna på sina arbetsplatser. Stämningen gick knappt att skära i med kniv, man hade behövt en grensåg. Sigrid bestämde sig för att låtsas att jobba medan huvudet snurrade och fick förvånansvärt mycket gjort. Hon koncentrerade sig också på radion som stod och sprakade ut P3 i ena hörnet av kontoret. Nick pendlade mellan ilska och hopplöshet och fick inget gjort. Liam gjorde det personer som Liam gör. Han hade satt igång sökrobotar i systemet, både för att söka efter dokument, vem som tittade på dem och framförallt: vem som tittade på vem som tittade. Naturligtvis dolde han sina egna spår bättre än vad de gjorde.

På eftermiddagen hade den extremt kalla stämningen på den lilla avdelningen gått från sibirisk permafrost till norrländsk vinter när alla datorer och luftkonditionering tystnade, det enda ljuset kvar var från fönstren.

"Gick just strömmen?" frågade Sigrid. Liam såg förfärad ut.

"I juli? Här? Utan vägarbeten? Inte en chans, inte efter allt det här. Hämta Greta, vi är under attack." sa han och började leta efter sladdarna till batterierna han hade under skrivbordet. I dunklet hördes en kaffekopp slå i stengolvet och bara några sekunder senare kom strömmen tillbaka. Nick och Liam tittade på varandra.

"Var är Siggy?" sa Liam.

11.

"Var fan tog hon vägen?" sa Nick förtvivlat. Liam och Nick sprang runt på kontoret och letade efter Sigrid, de ringde henne men telefonen låg kvar på skrivbordet. Greta kom ut från kontoret vit i ansiktet. Hon nickade åt Nick och Liam att komma in i konferensrummet. När dörren var stängd och buggarna dödade visade hon skärmen för dem. Hon visade bara en stillbild från en övervakningsfilm, det var det enda som hade fångat händelsen. Det var grynigt och suddigt men man såg två gestalter bära en tredje, Sigrids hår gick inte att ta miste på.

"Ska vi ringa polisen?" frågade Liam. Greta kliade sig irriterat i huvudet och svor.

"Vi kan inte, det här är ett solklart Institut-problem," sa Greta sammanbitet. "Det hände här och är hundra procent relaterat till oss, annars hade de inte tagit sig in obemärkt. Det måste vara ett insiderjobb."

Trion begav sig hem till Nick för att kunna arbeta ostört. I Nicks huvud var allt som ett tjutande vakuum. Han kunde inte andas, inte tänka. Långt borta hörde han Greta säga till Liam: "Ta reda på allt om Sigrid, precis allt! Även inofficiella källor, mörka källor, allt."

Dagen efter var dom redan som vrak alla tre. Ingen hade sovit. Liam kopplade upp datorn på Nicks stora TV.

"Det här vet jag än så länge: Siggy är enda barnet. Mamman dog tidigt och hon växte upp med sin pappa. Pappan var aktiv på Institutet.

Han var höjdare i Ungern men jobbade från Uppsala, där bodde han och Sigrid när han gick bort. Han jobbade bland annat som diplomat. Han verkar ha varit reko, men jag har inte kommit så långt på honom än, det blir snabbt snårigt. Ett spår är att kidnappningen har med honom att göra. Det andra spåret… det visar sig att hon var rik.”

”Är!” sa Nick snabbt. ”ÄR rik.” upprepade han.

”Ja, självklart. Förlåt.” sa Liam snabbt och skämdes. "Visste du inte det?”

”Vadå, att hon är rik?” sa Nick.

"Hade ingen aning. Hon bor ju i en sliten hyrestvåa i förorten.” svarade Nick.

”…Inte för att vara sån, men någon måste ju fråga. Hur rik och varför?” sa Greta.

”Arvet efter pappan var ganska stort, ett antal miljoner. Hon verkar inte ha gjort av med något nämnvärt.” Greta nickade sorgset och förstående och blicken försvann för en sekund i fjärran.

”Vad har hon för närstående? Vem kan de skicka lösenkravet till?” undrade Greta.

”Ingen.” sa Nick lågt. ”Det finns ingen. Hon har några vänner men ingen som skulle komma åt eller förmodligen ens känna till hennes pengar.” Han tog ett djupt andetag och fick panik i blicken: ”Kan någon tvinga henne att ta ut pengarna på något sätt?!” sa han oroligt medan han föreställde sig alla tänkbara och otänkbara typer av tortyr hon kunde utsättas för.

”De kommer inte åt pengarna, inte ens hon gör det med kort varsel. Banken har mycket bra säkerhet… i övrigt alltså, informationen har jag…. ja, fråga mig inte hur jag vet.”

”Då får vi fortsätta på spåret med pappan.” sa Greta. ”Har du en bild på honom?” Liam tog upp en gammal bild på honom på skärmen. “Men det är ju Amarin! Han måste ha bytt namn. Jag träffade honom som hastigast en sommar på 80-talet. Han var en fantastisk kille, bra värderingar. Kan tänka mig att han var en fantastisk pappa.” sa hon sorgset.

”Det har varit svårt att hitta något om honom, han lämnade inga spår.” sa Liam. “Om du har hans tidigare fullständiga namn skulle det hjälpa.”

“Hans dator finns hemma hos Siggy. Kan den hjälpa?” sa Nick.

“Skämtar du? Kan du hämta den?!” Liam sken upp.

   Liselott Lindberg

"Nu?" frågade Nick.

"NU!" sa Liam och Greta i kör.

"Jag tänkte bara om det var något mer…"

"Nä, det är allt jag har."

"Jag har grävt i alla paragrafer" sa Greta. "Men det tittar vi på när du kommer tillbaka."

Nick kände sig äntligen lite användbar, hans hjärna fungerade inte riktigt som han ville, men nu fick han i alla fall ett uppdrag han kunde utföra och gav sig iväg direkt.

Säkerhetsdörren hade märken på sig, det såg ut som om någon hade försökt bryta sig in och misslyckats eller blivit avbruten. Nick tittade sig runt i trapphuset men såg igen. Om Sigrid hade nyckeln till lägenheten under mattan? Nej, det vore för förutsägbart, den låg under den svarta keramikkatten i naturlig storlek som satt precis bredvid dörren och tittade uttråkat på honom.

Han såg lägenheten med andra ögon den här gången. Det var så uppenbart att hon saknades i rummet. Han kunde höra hennes skratt och le åt hennes förvirring när hon sprungit runt och letat efter något bland flyttlådorna. Några bilder fångade hans uppmärksamhet, det var bilder på henne som liten, på hennes mamma, och en ganska nytagen bild på henne och pappan. Han fotade av den med mobilen. Han fotade även några bilder på vad han antog var de vänner som hela tiden gav henne katter och kunde inte låta bli att fota av en bild av henne leende på en äng. Han försökte övertala sig själv om att det var för att underlätta sökandet efter henne, men det kan nog ha varit för personligt bruk.

När han böjde sig ner och letade i kartongerna hoppade Puma upp på hans rygg.

"Nämen, du måste vara hungrig." sa han och letade fram kattmaten i köket och gissade sig till en bra portion. Han pratade lugnt med katten och kom fram till att den nog får följa med hem.

Efter en stund av letande hittade han en nyare dator i en kartong märkt "övrigt". Han tittade runt i lägenheten en sista gång, var det något mer som kunde behövas? Han tittade på hennes noter hon hade på pianot, det var låten hon hade spelat för honom, han hittade ett par fel i melodin jämfört med det hon hade spelat. Han mindes låten tydligt. Han hämtade kattmat och kattlådan. Puma satt nyfiket på hans axel hela tiden.

*   *   *

Sigrid vaknade sakta och hade ordentligt ont i huvudet. Betonggolvet var kallt mot hennes ansikte. Hon tittade sig runt, det såg ut att vara en gammal tvättstuga i källaren i en villa. Källarfönstren släppte in ljus men hade nyinstallerade galler för sig. Hon satte sig upp och tittade runt. Rummet var stort och det luktade mögel. På väggarna fanns svarta fläckar efter vattenläckor och det målade betonggolvet var sprucket. En bit bort låg en madrass på golvet, det fanns en toalett i ena hörnet och vattenflaskor och snacks i ett annat hörn, tillräckligt för att räcka i veckor. Hon reste sig upp och gick runt i rummet, det satt övervakningskameror i alla hörn. Sigrid övervägde att inte ens känna på dörren, hon visste att den skulle vara låst, men hon testade i alla fall. Den rörde sig inte alls när hon tog i. Gallren rörde sig inte fast hon hängde med hela sin vikt i dem. Hon skrek frustrerat, såg en klappstol av enklaste sort från Ikea och körde den mellan gallren. Fönstret gick sönder men gallren rörde sig inte. Sval och frisk luft strömmade in.

Sigrid tog en flaska med vatten och satte sig på madrassen och vilade ryggen mot den kalla och fuktiga väggen. Hon inspekterade förseglingen noggrant innan hon knäckte vattenflaskan och funderade. Vad var nu detta? Vem kunde vilja henne något? Efter de senaste dagarna insåg hon att det här var större än henne. Det enda hon såg ut genom fönstret var lite himmel, svalorna flög lågt och hon hörde dem genom det trasiga fönstret när de visslade förbi. Hon funderade på att skrika men visste att ingen som bryr sig skulle höra henne. Så mycket cred gav hon sina kidnappare.

Hon insåg efter ett tag att hon borde vara rädd. Inlåst i en främmande källare långt ifrån allt men Ödet hade slagit henne med basebollträt så många gånger att detta mest kändes som en lätt knuff. Hon hade förlorat så mycket i sitt liv att hon var bedövad, hon var inte längre rädd

                                    Liselott Lindberg

för något, allra minst döden, utan accepterade situationen, 'jaha, vad är det nu då'. När det började skymma gjorde hon som så många andra gånger när hon känt sig maktlös och sorgsen, hon sjöng, det var ett fint ekot i källaren. Hon sjöng sånger hon skrivit till sin mor och nya sånger hon skrivit till sin far, det kändes som de var där med henne då.

När hon vaknade hade hon en ny melodi i huvudet, den var vacker. Hon blundade och spelade den på piano i luften, hon gjorde allt för att komma ihåg den. Den lät som pappa luktade och hon var frustrerad att hon inte kunde spela den, höra den eller spela in den. Hon var livrädd, inte för situationen utan för att glömma melodin.

12.

Nick vandrade runt i lägenheten som en osalig ande, desperat efter en uppgift men visste inte vad han skulle göra. Greta satt pratade i telefon, det lät som hon skvallrade med gamla tanter men Nick kände henne tillräckligt väl för att veta att hon luskade i kontaktnätverken. Liam satt fortfarande hukad över datorn. Han hade mumlat ömsom triumferande, ömsom besviket den senaste timmen. Tangentbordet rasslade som om tio personer skrev på det samtidigt. Plötsligt gjorde han en paus och sedan tryckte han hårt på en tangent. Han klickade runt lite.

”Där! Fixat!” sa han högt, andades ut tungt och gick raka vägen till Nicks säng där han föll raklång med ett brak och somnade på vägen ner.

”Vad är det som är fixat?” frågade Nick förvirrat och försökte skaka liv i Liam men sågverket gick inte att rubba och killen hade varit vaken i tre dygn. Nick fortsatte att oroligt skrida runt i lägenheten. Efter ett par tillsägelser av Greta gömde han sig i köket och tittade på filmen han hade spelat in av Sigrid när hon spelade piano. Puma strök sig runt hans ben och hon var mjuk och len. Han lyfte upp katten i knät och det tog bara sekunder innan hon la sig tillrätta och spann medan han kliade henne bakom örat och de fortsatte titta på filmen.

* * *

Sigrid hade försökt gå runt lite i källarlokalen men fick bara ont i ryggen på det hårda golvet. Istället satt hon på madrassen och försökte träffa ett tomt Pringlesrör med jordnötter. Det gick ganska bra, när hon hade fått i fem på raken flyttade hon röret lite längre bort. Efter en stund tröttnade hon och försökte istället kasta nötterna så hårt att röret trillade omkull. Det slutade med att hon gick fram till det och sparkade iväg det så hårt hon kunde. Det kändes bra, om än tillfälligt så hon satte sig ner igen och försökte lugna ner sig. Hon ville inte komma med några fler känsloyttringar, inte visa något när hon visste att de tittade. Hon tryckte nu ner allt för att inte börja grotta i alla gamla sår och tragedier. Bearbeta gör vi sen, nu överlever vi först. Hon sjöng vidare på sina melodier.

Ut genom fönstret skymtade hon himlen där hon satt på sin sovplats. Svalorna såg hon inte till idag. Däremot kom det in trollsländor genom det trasiga fönstret. En stannade i luften framför henne, svävade på plats och verkade inspektera henne. De andra flög runt i rummet. Hon höll försiktigt fram handen till den som svävade framför henne och satte sig på hennes finger. Hon tittade försiktigt närmare på den, den var fantastiskt vacker och glänste i blått och grönt. Hon blåste lite försiktigt på den men den satt kvar. 'Den får väl sitta där.' Tänkte hon och fortsatte vrida och vända på den, hela tiden verkade den följa henne med blicken. Dens kompisar hade landat framför henne på golvet. I formation?

Hon såg inte förvandlingen första gången för det gick så snabbt och hon var inte beredd, det verkade bara som att det plötsligt stod fem personer precis framför henne. Inte vilka som helst heller. Ninjor? Det var det enda hon kunde likna dem med. Svartklädda från topp till tå, med små skimrande detaljer likt de på trollsländor. De tog av sig maskeringen framför ansiktet var alla fantastiskt vackra, två var tjejer, tre killar och alla såg ut att platsa i k-popband. Fast arga. Sigrid tappade hakan och blev ganska rädd faktiskt.

"Sigrid?" sa han som stod längst fram. Hon nickade försiktigt. Ninjorna drog synkroniserat svärd som skimrade i blått, gick ner på ett knä, böjde huvudet och la svärden framför sig. "Mitt namn är Su-ho. Vi är dina livvakter" sa han på engelska. "Vi är Dragonflies, din pappa har anlitat oss."

"Tack, men jag tror ni har fel Sigrid, min pappa är död…" sa hon sakta.

"Jag vet, jag ber om ursäkt att vi är sena, han hann gå bort innan vi lyckades bekräfta din identitet, så uppdraget har dröjt." Sigrid visste inte vad hon skulle säga. Ledaren tittade sig runt i rummet och nickade kort till sina kollegor. "Nu drar vi."

* * *

Nick hade fortsatt att nöta ner golvet i lägenheten med sitt vankande. Liam snarkade fortfarande djupt i sovrummet. Nick stirrade för hundrade gången på glasväggen som nu var täckt med upptejpade papper och anteckningar men blicken nådde inte riktigt fram till väggen. Han måste lösa problemet, måste hitta Sigrid. Han drog filten han hade om axlarna närmare sig när det knackade på balkongdörren. Liam, som inte gått att väcka med en ångvält tidigare, rusade upp vid den lätta knackningen.

"Där är ni!" sa han glatt och öppnade dörren innan Nick hann hejda honom.

"Vilka…?"

"Siggy!" skrek Liam och trängde sig igen en grupp med… ninjor? Liam kramade Sigrid hjärtligt.

"Sigrid?!" sa Nick och sprang fram dörren men tvärstannade när han fick ett blått glödande svärd mot halsen. Han backade sakta och den svartklädda mannen med svärdet följde efter, fortfarande med svärdet mot hans hals. Bakom mannen kunde han skymta Sigrid. Han ställde sig på tå för att se bättre, svärdet brände som kolsyreis mot huden men han märkte det knappt. Hon såg trött ut, men vid liv. Armar och ben satt där de skulle. Han andades ut men ville prata med henne. Tillslut såg Sigrid Nick och hennes vackra men trötta leende falnade.

Greta kastade på luren när hon såg att något hände.

"Sigrid är tillbaka." ropade Nick till henne med tårar i ögonen.

"Va?" sa hon.

"Sigrid är tillbaka." Liam nickade mot sällskapet. Greta rusade upp för att möta Sigrid men tvärnitade när hon såg ninjan med svärdet mot Nicks hals och trollsländorna som nu satt på hennes axlar.

"Är det Dragonflies?!" sa Greta förskräckt.

"Visst är de häftiga?!" sa Liam entusiastisk.

"Mmm, jag håller mig nog på lite avstånd." sa hon. "Hur mår du?" frågade hon Sigrid från en bit bort.

"Bra, lite trött." Greta såg sorgeskuggan bakom henne, den var utom kontroll och var nära att anta fysisk form.

"Tror det jag. Du kan vila på sängen. Nick, fixa lite mat åt henne. Sen behöver vi nog prata. Men det är ingen brådska."

"Jag skulle gärna göra det" sa Nick "men jag kommer ingenstans."

"Han gör inget så länge du inte närmar dig Sigrid." sa Greta. Nick ville desperat springa fram och krama henne, berätta hur glad han var att hon var välbehållen.

"Pad Thai utan koriander, extra jordnötter?" sa han istället och tittade på Sigrid. Ilskan försvann från hennes ansikte i en sekund och ersattes av sorgsen tacksamhet när hon nickade.

"Inga jordnötter." Hon var trött på dem efter de senaste dagarna. "Gärna extra grönsaker, däremot."

Sigrid gick runt i rummet med sin Pad Thai med oerhört mycket extra grönsaker och tittade på informationen de hade samlat in och klistrat upp på glasväggen med vattenfallet.

"Förlåt om vi blev lite personliga." sa Liam. "Vi visste inte motivet till kidnappningen, och vet det ju faktiskt fortfarande inte, så vi behövde ta reda på allt om dig. Jag ber om ursäkt om vi har kränkt ditt privatliv på något sätt." Sigrid nickade sakta när hon läste alla detaljer om sitt eget liv som att det satt på en 'murder-board' i en amerikansk deckare. "Får jag fråga en personlig fråga?" sa han försiktigt. Liam kunde till skillnad från Nick komma henne nära fysiskt utan att utlösa trollsländorna. "Varför bor du kvar ute i förorten i en hyresrätt när du har alla dom pengarna?" Sigrid petade i maten och skuggan blev synlig bakom henne igen, Liam såg den inte.

"Pengarna är arvet efter pappa. Jag kan inte komma på något jag vill göra med de pengarna. Jag kommer aldrig kunna njuta av dem, eller roa mig med dem. Jag vill hellre ha tillbaka pappa i två sekunder än alla dom pengarna." Hon vände sig om och gick därifrån. Liam kände sig jättedum.

"Så klart… förlåt…" sa han tyst. Sigrid satte sig vid pianot och började spela melodin hon hade format i huvudet medan hon var kidnappad. Den var dramatisk, samtidigt sorglig och sentimental. Nick satt i en fåtölj i andra ändan av rummet, han klappade Puma som lagt sig tillrätta i hans knä och lyssnade till Sigrids musik. Nick lät henne ta sin tid att komma till honom. Hon fick ta det i sin takt, om hon ens någonsin ville. Han lutade huvudet bakåt och lät sig uppfyllas av hennes musik och drömde om samma känsla som pianostycket gav.

"Han har inte sovit en blund sedan du försvann." sa Greta. Sigrid stod i dörren till sovrummet och tittade på en utslagen Nick som till sist hade släpat sig till sängen. Sigrid hade en slända på varje axel och Greta höll sig på avstånd, hon hade stor respekt för Dragonflies.
"Ett tag trodde jag att det var han som hade kidnappat mig." Greta nickade sakta.
"Vad fick dig att ändra dig?"
"Jag funderade på hur han är som person. Han valde att berätta allt. Hade han velat mig illa hade han gjort något i grottan, på väg till grottan, eller när som helst tidigare."
"Ingen vill få bort den här kallelsen mer än han." sa Greta.
"Jag vet att han aldrig skulle skada mig. Det är inte kallelsen i sig som stör mig. Det är att han har gjort det förut."
"Det finns så mycket omständigheter, om du vill prata mer om det så kan vi göra det. Det är inte vackert men det finns många perspektiv på frågan." sa Greta och berättade detaljerna runt de tidigare kallelserna. Sigrid lyssnade chockat. "Sov nu. Imorgon kommer vi behöva din hjälp. Vi har ett par stora nötter att knäcka, men det tar vi imorgon." sa Greta.
"Åk hem och vila allihop, stort tack för allt ni har gjort." Greta hade inte känt efter men allt telefonprat med försiktigt luskande hos alla hon känner de senaste dagarna hade tagit mer energi än hon insett. Hon var trött.
"Vi kommer tillbaka imorgon, så försöker vi reda ut allt. Så glad att du är tillbaka, kära barn." Hon ville krama Sigrid men vågade inte gå närmare på grund av sländorna.
Sigrid hade många tankar i huvudet och gick runt i lägenheten, det var skönt att vara bland folk igen, på en plats hon kände igen och faktiskt kände sig trygg. Hon tittade på Liam som hade en upprymd pratstund med Su-ho på ett språk hon inte förstod, fylld av låga skratt, gemensamma referenser och ömsesidig beundran. Det var första gången hon såg Liam rodna. Hon log för sig själv, tittade på sitt perfekta kaffe som Nick gjort innan han somnade och tog ett beslut.

          Liselott Lindberg

13.

"Där är den där doften av tjärnen som jag saknade" sa Sigrid sömndrucket från hans axel när Nick vaknade mitt i natten. Han tittade på henne i det mycket tidiga morgonljuset och hade aldrig varit mer tacksam i hela sitt liv. Han ville fråga vad som fick henne att ändra inställning till honom från igår, men istället för att ifrågasätta valde han att bara vara tacksam.

"Jag är så glad att du är tillbaka." sa han och drog henne lite närmare sig. Sländan på hennes axel tittade uppmärksamt på honom hela tiden. "Är du okej?" Hon nickade. Nick sneglade på skuggan som var oerhört tydlig vid sidan av sängen och klappade henne över håret.

"Är du säker? Du blev ju trots allt kidnappad, man behöver inte vara okej efter en sån sak." Han strök en tår från hennes kind. Hon nickade. Sländan på hennes axel skiftade läge. Hon hade inte förlåtit honom hans tidigare gärningar, bara insett att det var milt uttryckt, komplicerat.

"Ska han titta på mig sådär hela tiden?"

"Ja, det är liksom hans jobb." sa hon glatt.

"Han gör mig nervös."

"Bra." sa hon och log. "Du är ju trots allt min tilltänkta mördare." Det stack i Nicks hjärta men gjorde sitt bästa för att svälja det.

"Hur fungerar de?" han försökte försiktigt peta på den men den flyttade på sig.

"De är ett helt gäng som håller koll på allt runt omkring mig och verkar kommunicera telepatiskt, jag har inte vågat fråga hur. Så fort någon fara närmar sig så vecklas de ut i full storlek till någon slags

ninjor. De verkar också känna av hur jag känner, känner jag mig hotad
så vecklas de ut och ibland utan att jag förstår varför. De tar helt egna
beslut, jag kan inte styra dem, deras enda jobb är att skydda mig."
"Åh…"
"Så inga hastiga rörelser." sa hon och drog med ett leende ett finger
över hans hals. Han blev nervös men glad att han fick höra skrattet igen
och log mot henne.
"Tar de aldrig semester?"
"Jo, men då har dom syskon och kusiner som täcker upp. Det är bara
att du gillar läget."
"Men vet inte den där jag hellre skulle dö själv än skada dig?" Sigrid
tittade förvånat på honom och Nick insåg vad han just hade råkat säga,
han rodnade lite. "Sov istället." Sa han och la hennes huvud på sin axel.
Sigrid funderade i två sekunder över det monumentala han just hade
sagt, sen la hon armen om honom och somnade direkt. Su-ho satt tyst
på hennes axel och registrerade allvarligt vad som sagts, han anade vart
detta skulle sluta. Det skulle kanske inte vara det bästa för Sigrid, men
hans uppdrag var hennes överlevnad, inget annat.

14.

Efter en natts välbehövlig vila återsamlades gänget i Nicks kök. Frukosten var uppsluppen och efter frukosten tog Greta till orda.

"Det här har varit trevligt, vi är så glada att du är tillbaka. Men vi har tre stora problem vi måste lösa." De andra tystnade. Greta tog en whiteboardpenna för att skriva på en vitrinskåpslucka i glas. "För det första måste vi hitta ett sätt att få bort kallelsen. För det andra måste vi hitta vem som kidnappade dig och för att förstå båda dessa så måste vi ta reda på varför just du blev kallad. Hon skrev "Hur, vem, varför?" på luckan. Greta tänkte. "Vet vi till en början var huset låg? Var du har varit?" frågade Greta.

"Det vet jag inte, jag var inte helt med på noterna varken på vägen dit eller tillbaka. Men det borde Su-ho veta." Sigrid tittade på sin axel och på en millisekund så stod den stora ninjaliknande mannen bredvid henne. Liam lös upp.

"Så coolt" sa Liam tyst. Greta och Nick satte hjärtat i halsgropen. Igen.

"Kommer aldrig vänja mig vid det där." sa Greta.

"Har du koordinaterna till källaren där ni hittade mig?" frågade hon honom. Han rörde inte en min eller muskel och nickade nästan omärkligt. Det plingade i Liams telefon.

"Wow. Hur gick det där till?! Jag har koordinaterna." sa Liam entusiastiskt och tittade sig runt på de andra trollsländorna som satt på väggarna.

"Tack Su-Ho!" sa Sigrid och han satte sig på hennes axel igen.

"Toppen." sa Greta. "Sigrid, du och Nick åker till kontoret och går ner i arkivet. Stiv har semester så ni har stället för er själva. Kolla vad ni hittar på huset men framförallt allt ni hittar rörande Näcken-kontrakten och alla avtalen som ansluter till det. Jag och Liam fortsätter härifrån."

"Den här lukten" sa Sigrid.
"Vad är det med den?" sa Nick när de var på väg ner i arkivet.
"Jag har känt den på något mer ställe. Nyligen."
"Kanske i den där gamla källaren du satt?"
"Nej, det var en helt annan lukt." hon funderade vidare. Nick erkände att han var tacksam för trollsländorna nu när de hade lämnat lägenheten. Han kunde slappna av i att han visste att de skulle skydda henne bättre än han någonsin kunde. Han tände lamporna i taket i arkivet så att man såg det enorma rummet.
"Oj, var det så här stort sist vi var här?" frågade Sigrid.
"Jag vet inte riktigt hur det fungerar, jag tror Stiv mixtrar med ljuset så man inte ska se hur stort det är. Vet du vad du letar efter?"
"Jag tror det." svarade Sigrid. "Och du?"
"Jag har ingen aning."
"Toppen! Då kör vi. Lycka till!" sa hon och försvann in i labyrinten. Nick stod kvar och försökte hitta något system i det han såg framför sig. Han kliade sig i huvudet och gick in i en av gångarna på måfå.

Ett par timmar senare började det kurra i magen på Nick. Han ropade på Sigrid för att kolla var hon var.
"Ja?" hörde han precis bakom sig och han vände sig hastigt om utan att tänka sig för.
"Vad du skräms!" sa han och kände sakta den numera välbekanta kylan av det brännande svärdet längs halsen. Han drog efter andan och backade sakta. Sigrid fnittrade.
"Jag har hittat det vi behöver. Har du hittat något?" Nick tittade på hennes stora bunt med papper och jämförde med hans egna två knöggliga A4 som han hittat undanstoppat mellan två hyllor.
"Jag vet inte…" sa han. Hon tog hans papper och tittade på dem.
"Var hittade du de här?"
"De verkade ha trillat bakom lite så jag tog upp dem." Sigrid tittade på honom.
"Allvarligt?"

"Mmmm"

"Bra jobbat!" Nick visste inte om han skulle vara stolt eller skämmas. Han hade tänkt kasta dem eftersom de inte verkade ligga på sin plats.

Tillbaka i lägenheten satt de alla hukade över varsin bunt med papper. Sigrid satt i köket medan Nick gjorde kaffe när hon plötsligt utbröt:

"Lukten!" sa Sigrid och luktade på de unkna dokumenten.

"Lukten?" sa Nick.

"Arkivlukten, nu kom jag på var jag har känt den! När jag blev kidnappad, precis när allt blev svart. Då kände jag den lukten." Nick vände sig om hastigt och kände så klart klingan mot halsen.

"Stiv!" sa dom båda i kör.

"Men varför?" sa Sigrid.

"Så klart! Att jag inte tänkte på det tidigare!" Sa Nick. "Han är ju byråkrat ut i fingerspetsarna, han måste ha fått reda på kallelsen och förstått att vi skulle försöka göra oss av med den." Omedvetet närmade han sig Sigrid och kände klingan bränna allt hårdare mot halsen. Han ville krama henne, kyssa henne. Istället harklade han sig och backade.

Nu satte febril verksamhet igång. De kunde spåra huset där Sigrid hållits fången till en kusin till Stiv och började även nysta i hans medbrottslingar.

"Bra jobbat Nick." sa Greta till Nick när de fick en stund för sig själva.

"Det var mest Sigrid, mitt bidrag var mest baserat på tur." sa han ärligt. "Men hur kunde hon hamna hos oss? Oddsen är ju astronomiska."

"Det var Stiv som insisterade på att anställa henne. Att jag inte såg det tidigare, det var säkert Stiv som försökt bryta sig in i Siris lägenhet på jakt efter just datorn. Vi ska vara tacksamma för att Stiv inte förstod exakt hur smart Sigrid är, då hade han inte vågat ha henne så nära."

De tittade båda bort mot Sigrid där hon satt försjunken i dokumentet över hans middagsbord. En trollslända på varje axel.

"Hur känns det?" frågade Greta Nick.

"Skönt att hon är tillbaka välbehållen. Sländorna är lite irriterande, jag veta att dom skyddar henne men ibland vill jag bara klippa till dom med flugsmällan." Sa Nick.

"Försök och se vad som händer." skrattade Greta. "Men säg till först, jag filmar, så jag kan visa dig sen i slowmotion vad som hände."

Den lilla gruppen fortsatte arbeta hårt för att knäcka frågan om vem som kidnappade henne och hur de skulle få kallelsen återkallad. Kallelsen hade en deadline och om de inte löste det innan dess skulle det gå illa oavsett Dragonflies. Greta satt som vanligt i telefon på soffan när hon plötsligt la på.

”Nu jag varför Sigrid blev utvald.” sa Greta lågt men orden ekade i lägenheten och gruppen samlades fort runt henne med Sigrid längst fram. “Du vet att din pappa var högt uppsatt inom Institutet? Det verkar som att han har gått emot fel personer. Han stod upp för mänskliga rättigheter i styrelsen och det tog hus i helvete, han verkade ha fått många på sin sida mot traditionalisterna och det såg ut som att han hade ett sätt att få alla de här gamla kontrakten att ta ut varandra.” Nick kikade i dörröppningen. “Jag visste det.” sa Greta lågt och log nostalgiskt “ränderna går aldrig ur en zebra.”

“Men vad rör det mig?” frågade Sigrid som fortfarande hade svårt att smälta att hennes pappa varit aktiv på Institutet.

“Arvssynd.” sa Greta sammanbitet. “Det finns ett gammalt dekret där straffet för vissa brott kan drabba flera generationer. Ett av de brotten är förräderi, vilket jag inte tvivlar på att de tyckte att det din pappa höll på med, var.”

“Så jag blev utvald för att straffa min pappa genom precis det min pappa försökte avskaffa?” frågade Sigrid.

“Precis.” sa Greta.

“Det förklarar varför han anlitade Dragonflies.” sa Liam.

“Jag tror att jag har det!” ropade Liam ett dygn senare, deadlinen var farligt nära och alla var desperata. “Jag vet hur vi kan få kallelsen ogjord!” Nick rusade upp och fram till Liam för att titta på hans skärm. “Jag har kikat vidare på Sigrids pappas dator och hittat massa dolda dokument, han hade forskat på det här och nu ser jag mönstret. Alla dom här avtalen tar ut varandra om vi bara gör en sak.”

“Vaddå?”

“Det kommer låta konstigt.” sa Liam osäkert.

“Allt det här är konstigt. Kom igen nu!” sa Nick desperat.

“Sigrid måste ge en svart katt till Nick.” Nick andades besviken ut.

“Nämen nu är du inte rimlig. Aldrig att det fungerar.” sa han bistert.

“Jo, om du kollar här…” han började peka på skärmen. “... den här

                                    Liselott Lindberg

tar ut den här, och den där verkställer men nollar den där och allt som är kvar är… katten."

"Du skämtar?" sa Greta och kom runt och tittade skeptiskt på skärmen.

"Är det inte värt ett försök?" sa Liam.

"Om det är allt som krävs så är ingen gladare än jag." sa Nick. Greta såg orolig ut, det kändes som de missade något.

"Jag fick Puma av pappa strax innan han gick bort. Tror ni han visste?"

"Det låter troligt…" sa Greta.

"Eh…" började Sigrid försiktigt. "Hur går det med Puma? Vad händer med honom?" De tittade på varandra. Liam började scrolla.

"Det verkar som att han måste bo hos Nick i minst två år." Hade det varit andra omständigheter så hade Nick protesterat högljutt. Han gillade inte katter alls egentligen, men hade vant sig vid Puma de senaste dagarna och hon gillade att sitta på hans axel och sova på hans kudde.

"Bara jag får hälsa på henne ibland." sa Sigrid tyst och klappade Puma som kom strykandes runt hennes ben.

"Det måste finnas en hake." sa Greta skeptiskt. "Det finns alltid en hake." Liam scrollade vidare.

"Bytet måste ske vid midnatt, precis när deadline går ut?" sa han frågande.

"Det låter ju typiskt, inget mer?"

"Inte vad jag hittar." svarade Liam och ryckte på axlarna.

"Värt ett försök?" frågade Greta alla inblandade som nickade. "Det är två timmar kvar. Jag behöver kaffe. Nick?" Han förstod ordern och gick och började göra finkaffe. Greta satte sig på soffan. 'Det är något vi missar' tänkte hon oroligt.

15.

Sällskapet gick ut på takterrassen i den halvmörka sommarnatten. Träet var fortfarande varmt efter dagens solstrålar och utemöblerna stod i en enda röra efter att folk hade suttit vid dem och sprungit därifrån stup i ett den senaste tiden. Nick rättade rutinmässigt till möblerna och gjorde i ordning ett utrymme för den lilla scenen som skulle utspela sig. Tre av de fem sländor vecklade ut sig och alla var på högsta beredskap.

”Är du säker på att det funkar med Puma?” sa Sigrid och klappade Puma kärleksfullt livrädd för att något hemskt skulle hända hennes katt. Sällskapet tittade på varandra, det var lite av en chansning. En lätt duns hördes på andra sidan altanen, bara ninjorna märkte den och började rotera positioner, fler sländor anslöt ljudlöst utan att de andra märkte det.

”Nu är det dags” sa Liam som hållit koll på tiden. Sigrid gick sakta fram till Nick, hon stannade, neg och gav honom högtidligt katten.

“Här?” sa hon och han log och tog emot den.

”Tack!” sa han och var nära att falla på knä när den isande känslan i skelettet försvann. Han andades ut, klappade Puma som krånglade lite i hans armar, sen hoppade ner och sprang in som ett spjut.

“Det funkade!” sa han när han andades ut.

”Jag visste att ni skulle försöka något.” Sa någon bakom dem, Stiv och Rebecka kom fram ur skuggorna bakom ett hörn. Dragonflies stod redo.

”Det var du din jävel som kidnappade henne!” skrek Nick och sprang fram och slog Stiv på käften. Stiv torkade lite blod i mungipan och skrattade.

                                             Liselott Lindberg

”Vad kunde jag göra? Jag visste att ni skulle försöka med sånt här skit. Tar vi bort de här traditionerna har vi inget förhandlingsläge kvar med människorna. Är det det du vill?!” Stiv spottade blod mellan tänderna när han skrek. "Ni förintar vår värld, allt vi står för!”

”Det är väl bättre att ingen dör, och att ingen mördar?!” sa Sigrid.

”Vad du glömmer bort, gumman” började Rebecca som sakta gick fram mot henne i sina höga klackar, perfekta frisyr och hånleende, snart fick hon ett svärd mot halsen men hånleendet kvarstod. ”är att där det funnits död, kommer det alltid att finnas död.” Hon skrockade fram det där sista och vände sig mot Nick. "Så kom igen! Dränk henne bara som den jävla kattunge hon är!” skrek hon. Nick skrek rakt ut i frustration och sprang förbi sländorna och tog Rebecka om halsen. Hon såg lite chockad ut men fann sig snabbt.

”Vi vet båda att du inte kan göra det.” sa hon lungt. ”Du är för snäll” sa hon och strök honom över kinden. Nick skrek högt, släppte, backade och tog sig för knäna.

”Helvete” mumlade Greta när hon kände Dess komma. Luften blev tjock och det kändes som att andas olja. Han uppenbarade sig från tomma intet.

”Dess? Du är här?” sa Nick förvånat och tittade sig runt. Dess tittade sig uppgivet omkring.

”Va fan Nicke. Vad håller ni på med? Jag fick precis ett uppdrag.” Sa Dess. Nick började oförstående peka mot Puma som satt och slickade sig på ena tassen och tittade från insidan av fönstret. ”Det var en retorisk fråga, jag vet precis.” fortsatte Dess. "Problemet är att ni missade den här” sa han och höll upp en kristallkula. "Den kommer att fyllas av en av era själar inom ett par minuter, det finns inget som kan stoppa det, inte ens jag.” sa han.

”Där det funnits död, kommer det alltid att finnas död.” upprepade Greta lågt. Hjärtat sjönk på alla, var allt förgäves?

”Vad menar ni?” sa Sigrid.

”Vi kan upplösa kontrakten men någon måste ändå dö.” sa Greta lågt. Det som utspelade sig sen gick som i slow motion, men få hann ens uppfatta det. Nick tittade sig sakta runt bland sina vänner, han var andfådd av adrenalin. Han tittade länge på Sigrid som han älskade mer än allt, han tittade på Greta som var hans bästa vän och han tittade på unga känsliga och högintelligenta Liam. Hans ögon mötte Su-hos som såg precis allt och insåg vad som var i görningen. Su-ho ställde sig i försvarsställning mellan Nick och Sigrid och riktade svärdet mot honom. Nick såg beslutsamheten i Su-ho ögon och visste att det bara fanns en sak att göra. Han hoppar fram mot honom utan att släppa ögonkontakten och riktar in svärdspetsen mot sitt hjärta. Han tar tag om Su-hos händer trycker sig hårt mot svärdet som enkelt bränner genom kläderna, genom huden, genom hjärtat och ut genom ryggen. Greta skriker rakt ut.

"Men va fan Nick, så här?" Sa Dess förtvivlat. Nick föll ner på knä med svärdet genom kroppen. Su-ho följde förskräckt med honom i fallet.

"Förlåt att jag använde dig som vapen." sa Nick till honom. Su-ho klappade honom förstående över håret och lutade pannan mot hans innan han tog ett steg tillbaka. Nick vinkar till sig Dess. Kristallkulan har börjat fyllas med en mörkgrön och turkos färg. Samma färg som Nicks ögon och hår.

"Gör mig en tjänst, Dess." Dess lutade sig fram och tog hans hand.

"Vad som helst, min vän." svarade han. Nick viskade i hans öra medan blodet började sippra i mungipan.

"Ta med den där fan också" sa Nick och nickade mot sorgeskuggan bakom den förskräckta och fastfrusna Sigrid.

"Skuggan?" Nick nickade igen. Det började bli svårt att andas och kristallkulan började fyllas av ett mörker med ett turkost sken. Liam försökte lugna en hysterisk Greta.

"Ta emot" sa Dess och kastade kulan till Sigrid för att sedan i en rörelse dra ut svärdet ur Nick och svepa det genom skuggan som löstes upp i intet. Sigrid föll på knä bredvid Nick. Hon ville skrika rakt ut i förtvivlan men hon ville inte att det skulle vara det sista Nick hörde i livet. Till en början blev hon knäpptyst och tog hans huvud i sin famn.

"Ring ambulans!!!" skrek hon. Ingen rörde en fena.

"Nej." viskade Nick och tog hennes hand. "Det här är enda sättet." Tårarna strömmade nerför hennes kinder.

"Vi har ju knappt börjat. Hur kunde det här vara enda sättet?" viskade hon. Nick lyfte sin hand och klappade henne på kinden och torkade hennes tårar.

"Tack för att du är du, du gjorde mitt liv värt det. Ta lång tid på dig, jag väntar gärna länge på dig på andra sidan. Sörj inte för länge, spela musik istället. Älskade Sigrid." Hon kysste honom ömt tills kristallkulan var full och Nicks kropp slappnade av. Allt liv hade försvunnit ur de stora djupa ögonen, istället fanns där tomhet. Sigrid stängde hans ögon, kysste hans panna och smekte hans kind.

16.

Händelserna hade gett ringar på vattnet i hela väsenvärlden och alla avtal sågs över. Rebecca, Stiv och de som såg till att Sigrids pappa dött hade fått sparken och rättegångar hölls kors och tvärs.

Begravningen för Nick blev både lågmält och storslagen, vid en ceremoni vi tjärnen samlades alla hans vänner. Älvor dansade farväl i den mjuka dimman som låg över vattnet och blommor las vid strandkanten. Ceremonin sken upp hela gläntan i ett sällan skådat skådespel. Sigrid kände sig förvånansvärt okej tack vare att skuggan var borta men stundtals var hon fullständigt bortdomnad. Hon gick tillsammans med Liam och Greta, två nu självklara vänner som hade en stor del i hennes liv som hon bara träffade för ett par månader sedan. Liam var tyst, Greta var stundtals otröstlig. Sigrid höll sig i närheten av henne och försökte vara någon att fysiskt grabba tag i när det behövdes. När ceremonin var över vinkade Dess till Sigrid från andra sidan tjärnen. Hon lämnade över ansvaret för Greta till Liam och gick för att prata med honom.

”Jag vågade inte gå nära Greta, hon har det svårt som det är. Jag misstänker att hon skulle slå mig. Hon har hårdare nypor än man tror.” sa han och tog sig lite omedvetet på armen och log lite. ”Hur är det med dig?” frågade han, hon funderade en stund.

"Min kropp kan sitta upp, den står och kan gå. Min kropp pratar och ansiktet ler stelt ibland. Människor runt omkring mig märker inget. Men min själ är inte där. Den är bedövad och svävar en bit bort. Om min själ skulle ta plats i min kropp just nu så skulle vi nog kollapsa.

Så istället har vi separerat tillfälligt. Ser du den?" Dess tittade sig runt.

"Vet du, om det är något jag kan så är det själar, och din är precis där den ska vara." Sa han och rufsade henne i håret. "Men jag förstår att du sörjer." Den stora sorgeskuggan var fortfarande borta, så Dess andades ut, hon skulle återhämta sig.

"Jag saknar honom konstant. Men mest är jag nog förbannad." Hon funderade en stund. "Eller kanske inte förbannad, mest bedrövad, jag förstår varför han gjorde det. Jag önskar bara att jag hade tänkt på det först. Eller ändå inte. Men ja..."

"Jag hajjar. Det är lugnt." sa Dess och la armen tröstande om hennes axlar som en lillebror som växt om sin storasyster, trollsländan satte sig på hans hand och bet honom. "Äh, sluta bitas Su-ho, du och jag pratar mer sen." sa han till sländan och tog bort armen. Sigrid var märkligt bekväm med Dess med tanke på hans arbete.

"Träffar du honom? Eller hur fungerar allt sånt?" frågade hon. Dess log mystiskt.

"Ah, det kan jag inte svara på. Sekretess." sa han och låtsades låsa sin mun. Så tittade han sig om och viskade i hennes öra: "Men han är med dig. Morsan och farsan med förresten. Du har många skyddsänglar." Sigrid log och kände sig varm vid tanken. Folket började skingra sig och Sigrid och Dess gick på en promenad.

"Vad ska du göra nu?" frågade Dess.

"Jag vet inte. Låtarna bara sprutar ur mig och jag funderar på om jag kanske ska låta någon annan höra dem. Ta ledigt ett tag. Resa. Andas. Tänka."

"Det låter fantastiskt." sa Dess. "Men... Jag hörde rykten om att Nicks tjänst är ledig. Du är inte sugen på Näcken gigget?" Sigrid tittade chockat på honom. "Vaddå?!" fortsatte Dess "Nu är ju alla avtalen borta; inget dödande, bara dom bra delarna kvar! Bli ännu bättre på musik, magiskt snygg och allt det där."

"Kallade du mig just ful?" sa hon skeptiskt.

"Neeej, men du fattar vad jag menar!" Sigrid tittade skeptiskt på honom.

"Är det inte fusk? Att använda magi för att bli framgångsrik?"

"Fast vad är magi? Vad är framgång? Nicke gjorde aldrig internationell storkarriär fast han lätt hade kunnat, han valde själv och valde att spela covers på gatorna i Linköping på lördagskvällar. Det kan vara ett sätt att underlätta att få ut din musik. Men är musiken inte bra hjälper inte all magi i världen!" skrattade han.

"Nja, jag kan inte fylla hans skor, vill inte."

Dess och Sigrid kom tillbaka till tjärnen, folksamlingen hade skingrats och skulle återses på ett av Nicks favoritställen i stan senare på kvällen. De tittade tyst ut över tjärnen.

"Du är den enda som varit i hans grotta." sa Dess och Sigrid tittade honom, något högg välbekant i hennes bröst. Hon ville ner till grottan igen, för att vara nära honom. "Tar du gigget så ingår grottan." Sigrid fick inte fram några ord. "Prata med Greta på måndag." Dess såg att hon genomgick en smärre känsloexplosion. "Få skulle kunna hantera allt du gått igenom, ändå står du här rak i ryggen och med en livsgnista i ögat som inte går att ta miste på."

För första gången sedan Nick gick bort så strömmade tårarna nedför Sigrids kinder. Hon fulgrät så snoret rann, Dess kunde inte låta bli att le åt henne och kramade henne hårt.

~ Slut ~

(åtminstone för den här gången)

"- FÄR JAG LÅNA LITE INTERNET? MIN SURF ÄR SLUT"

CRITTERS

ELLEN.
NI SKULLE VAR...?
UTAN MIG...?

BLOMMOR SOM DU
VÄXER BARA PÅ

-BOGHUND

BRINNANDE
FARTYG

och NUUUU
SKiiiiiiT OCK SjÄÄ
DET KOMMER
EN PUNKT
NÄR DET
BARA FINNS
EN SAK KVAR
ATT GÖRA.
ÄR DU LI JÄVLA BRA DÅ..?

stjärnfall

För många tusen år sedan, långt ute i rymden, kolliderade två små kometer med enorm kraft. De bröts i små bitar som satte fart i helt nya riktningar.

*

Amanda kröp ihop i soffan. Hon drog upp benen till bröstet och kramade dem hårt medan hon gungade lätt. Dagen hade varit fruktansvärd. Hon var avundsjuk på katten som låg mellan dem i soffan. Den vita ragdollen Kitty sträckte ut sig och krävde att bli klappad på magen genom att sätta klorna i hans lår.

"Vill du prata om det?" sa han medan han åt popcorn med ena handen och klappade Kitty med andra handen.

"Egentligen inte." sa Amanda och släppte greppet om knäna en aning.

"Okej." sa han enkelt. Han var så lätt att ha att göra med, Amanda trodde aldrig att hon skulle falla för Erik, hennes rumskompis lillebror, men han var avslappnad, självklar och en av de få människor som inte såg ner eller upp till henne. Han tittade på henne som en jämlik trots att han var 20 cm längre och tre år yngre.

Amandas rumskompis hade åkt iväg som utbytesstudent en termin och hennes lillebror hade flyttat in för att ha närmare till skolan och att Amanda inte skulle behöva ta hand om Kitty själv. Däremot så verkade hans huvudämnen vara gaming och Netflix så Amanda fick mycket sällskap när hon var hemma.

"Men om du vill prata så lyssnar jag gärna." sa han och lyfte upp Kitty i knät och hon började spinna direkt. "Jag har ändå tröttnat på den här serien. Eller tittar du?" sa han och pekade mot TVn.

"Nej, jag tittar inte." Amanda visste inte ens vad det var för serie på TVn. Han tittade på henne lite närmare.

"Kom igen. Berätta nu." Amandas underläpp darrade när hon berättade om sin dag, hur hennes kollega behandlat henne, om att hon fått en ångestattack under ett möte och att stressen från deadlines som faktiskt var omöjliga att hålla höll henne vaken om natten. Vanligtvis var hon tystlåten men men nu brast dammen och allt forsade ur henne. Erik lyssnade uppmärksamt utan att avbryta. Efter ett tag hade Amanda släppt taget om knäna och satt istället och yvigt gestikulerande för att tydliggöra det hon sa och hur arg hon var. Tillslut slappnade hon av.

"Alltså, nummer ett:" sa Erik. "Säg upp dig från det där skitstället, dom förtjänar dig inte. Och två: det går att få hjälp mot ångesten, har du en läkare?"

"Jag vet… Men att försöka ta de besluten ger mig mer ångest."

*

 Liselott Lindberg

Rymdgruset som skapades för flera tusen år sedan närmade sig jorden i en faslig fart och började göra ljusa streck på himlen när det brann upp i atmosfären.

*

Amanda fortsatte: "Tänk att leva som katt. Se bara så avslappnad hon är, och inte bryr hon sig vad någon tycker, hon bara tar för sig vad hon själv vill ha." Erik log åt henne men blev distraherad av något utanför fönstret. Amanda avslutade meningen men tittade åt samma håll som Erik. "Ja, jag önskar att jag vore en katt när jag mår så här." sa hon när rutan plötsligt krossades och en liten asteroid flög genom rummet och bäddade in sig i den fullproppade bokhyllan bland tummad kurslitteratur och billiga pockets. Erik och Amanda satt som förstenade i soffan och tittade ömsom på bokhyllan och ömsom ut genom fönstret där flera små stjärnfall syntes. Kitty hade försvunnit som ett spjut och lämnat klösmärken på Eriks hals.

"Eh…" sa Erik. Amanda tittade ut genom fönstret.

"Det verkar ha slutat." sa hon. De tittade båda mot bokhyllan som så sakta börjat brinna.

"Äääh!" skrek Amanda och rusade för att hämta brandsläckaren hon fått av pappa i julklapp och släckte elden. Den lilla stenen, vars långa kosmiska resa slutade i ett begagnat exemplar av "Discrete and Combinatorial Mathematics", glödde fortfarande. Amanda sprutade mer brandsläckare på den och den fräste lite.

"Cooolt!" sa Erik som tittade storögt över hennes axel. Tusen tankar rusade genom Amandas huvud.

"Ojoj" sa Erik och rusade ut i köket. Han kom tillbaka med en stor tång i metall och gjutjärnspanna. Han tog den glödande stenen och la i gjutjärnspannan. Han gick försiktigt ut med pannan i köket och ställde den på spisen. De tände spislampan och tittade närmare på den när den började svalna. De andades ut och började skratta nervöst.

"Ah! Vilken grej!" sa Erik. När den första chocken lagt sig övergick Amandas skratt till gråt. Ännu en gång hade världen hittat ett sätt att avbryta henne när hon väl sa något. Erik blev förtvivlad och kramade henne och klappade henne över håret. Om han inte hade sett det själv hade han aldrig trott det men Amanda började förändras och tillslut stod en katt med samma röda hårfärg som Amanda och vita tassar vid hans fötter. Han satte sig på huk och pratade försiktigt med den. KattAmanda väste och stack iväg som ett spjut in under sängen i sitt rum. Erik, som hade lätt för att ta nya situationer, hämtade en burk tonfisk i skafferiet, öppnade den och gick in i Amandas rum. Han såg ett par ögon glimra under sängen och la sig på magen på behörigt avstånd.

"Ja, vad har hänt?" sa han och petade lite med en gaffel i tonfisken. "Blev du rädd?" sa han med sin mjukaste röst. "Blev du en katt bara så där?" Han fortsatte prata lugnt med henne. Efter en stund tänkte han att hon kanske bara behövde vänja sig, ibland vill man ha en stund för sig själv. "Vet du vad?" sa han. "Jag drar till dörren lite, men jag är här utanför, kom ut när du är redo."

Erik hann ringa sin syster i Australien för att få veta försäkringsbolag, få tag på försäkringsbolaget, få kontakt med någon som kunde komma och ta hand om och undersöka stenen sedan fick stränga order att lämna tillbaka den efter provtagning. Han nämde inte för någon att Amanda hade förvandlats till en katt. Det skulle inte vara bra för någon. Han lagade fönstret provisoriskt med kartong och hann göra middag innan KattAmanda kom ut tassande ur rummet. Hon tittade på Erik som satt och åt direkt ur kastrullen på soffan.

"Hej där! Vill du smaka?" sa han och höll fram en sked ravioli. KattAmanda låtsades inte om honom utan gick runt i lägenheten och utforskade. Hon hoppade enkelt upp på saker, välte en blomma från fönsterbrädan och hittade Kitty under sängen i Eriks rum. De luktade på varandra och kom sedan gemensamt ut till Erik som nu stod och sopade upp krukrester i köket.

"Hm. Ni två kommer innebära trubbel, tror jag." sa han när de började stryka sig runt benen på honom. Han klappade dem båda. "Vänta, tigger ni mat nu? Kitty, vad lär du henne för dumheter?" sa han och gick direkt till skåpet där det fanns kattgodis.

Den kvällen somnade Erik på soffan med två katter på bröstet. Morgonen efter vaknade han med den vanliga Amanda sovand på bröstet. Skulle han väcka henne? Hon skulle skämmas jättemycket så när han märkte att hon började vakna till låtsades han sova istället. Amanda smög in i sitt rum och stängde dörren. Erik gick upp och tog tag i dagen som han brukade göra. Efter någon timme knackade han på hennes dörr.

"Amanda? Är du okej?"

"Visst! Inga problem. Inga konstigheter här inte." sa hon.

"Okej, toppen. Jag tänkte gå ut och handla, vill du ha något?"

"Nej, tack! Det är bra!"

Amanda tog en lång dusch och borstade tänderna både två och tre gånger för att få bort smaken av kattmat. Det kändes dessutom som hon ville hosta upp en hårboll. När hon kom ut luktade det popcorn i hela lägenheten. Erik satt på sin vanliga plats och spelade, som att inget hade hänt. Han tittade lite snabbt på henne.

"Mår du bättre?" sa han utan att sluta spela, han försökte verka oberörd men gjorde många missar i spelet.

"Ja, konstigt nog mår jag jättebra." sa hon och torkade sig i håret med handduken. "Vad hände med stenen?"

"Det var värsta meteorregnet, så många coola filmer på nätet, jag skickade massa klipp! Vår sten hämtades av några forskare, dom fick skriva på papper och grejer, vi ska få tillbaka den när dom tagit lite prover. Å du var sååå snabb med brandsläckaren! Jag hann inte ens reagera."

"Snabbt tänkt med stekpannan av dig!" svarade Amanda.

"Vilken grej…" sa han och la ifrån sig kontrollen när han insåg att han bara gjorde saken värre i spelet. "Är du hungrig?" Amanda hade inte känt efter tidigare men nu kändes det som ett avgrundshål i magen.

"Jaaa!" sa hon.

"Jag var och handlade, så det finns lite av varje, jag tänkte göra spagetti och köttfärssås. Vill du ha det nu?"

"Jättegärna!" sa hon.

"Jag fixar!" sa Erik.

"Lyxigt!" sa Amanda. Erik stekte köttfärsen och behöll en liten portion rå till Kitty och om samma sak skulle hända Amanda igen. Dom hade en trevlig middag och lyckades att inte nämna ordet katt en enda gång. När Amanda senare på kvällen gick ut i hallen noterade hon att Kitty hade fått en ny kattlåda. En sån med väggar och tak så man får göra sin grej utan att någon ser, hon hade inte tänkt på det men var tacksam för att Erik hade gjort det.

Ett par dagar senare möttes Erik av KattAmanda i dörren när han kom hem efter en joggingtur. Han lyfte upp henne och bar runt henne i lägenheten och kliade henne under hakan. Hon fick lite mat och la sig sedan i solen och somnade. Någon timme senare satt hon med Erik i soffan igen.

"Vad du än gör, så börja inte med det här du också" sa Erik och puttade bort Kittys rumpa ur ansiktet. "Det är inte så trevligt att få en rumpa upptryckt på det här sättet i ansiktet. Eller, så länge du är katt i alla fall." sa Erik och blev generad när han insåg att han sagt det där sista högt. Amanda fnittrade.

Amanda fortsatte att förvandlas till en katt när hennes ångest blev för stor, men sinnesstämningen höll sig kvar längre och längre. Tillslut kunde hon gå in i sinnesstämningen utan att hon fysiskt förvandlades. Hon hittade ett nytt jobb och det sista hon gjorde på gamla jobbet var att titta den jobbiga kollegan djupt i ögonen och sakta putta ner kollegans pennburk från bordet och sedan oberörd gå därifrån.

Slut

*Om du mår dåligt tveka inte
att kontakta din husläkare
eller prata med en närstående
som kan hjälpa dig. Är det
akut ring 112.*

Första kontakten

Rickard hade just plockat ner två gamla uttjänta satelliter och lite annat rymdskräp till basen och var nöjd med sitt dagsverke. Visst, han skulle kunna fortsätta jobbet med att plocka isär dem och sortera för att sedan skicka tillbaka till jorden. Men man måste ju leva lite också, speciellt när man är i princip ensam på den här skrothögen. Han satte sig i sin lilla månbil som liknade en golfbil, fast den var magnetisk så den höll fast vid ytan av rymdstationen. Rymdstationen hade flera uppgifter, återvinning av rymdskrotet var den lukrativa delen. Därför hade Rickard ganska bra lya; förhållandevis stor och luftig för att vara på en rymdstation, men han trivdes med att vara utanför. I den andra delen av basen satt en forskare, henne såg man inte mycket av, hon var mest i sitt pyttelilla labb och pratade med folk på jorden. Astråkig, med andra ord, tyckte Rickard.

Han skulle just börja med sin elfte weelie när han såg något i ögonvrån sakta närma sig basen. Han stannade upp, men det tog en stund innan hans hjärna stannade tillräckligt efter allt snurrande för att han skulle kunna fokusera på det som rörde sig. Objektet såg mjukt ut, landade sakta och studsade lite mot ytan av rymdstationen. Rickard hoppade ur sin bil och gick närmare för att undersöka den märkliga tingesten. Den hade två armar, två ben och ett huvud, var mycket mindre än en människa och klädd i rymddräkt. Han försökte minnas om man saknade några barn som rymdvandrat men insåg snabbt att tanken var absurd. Han gick fram och böjde sig över tingesten, dräkten var trasig och den var uppenbarligen inte vid liv längre. Han häktade fast den i skrovet med linorna som användes för satelliterna och funderade lite. Rickard var en enkel man men han var också tillräckligt klyftig för att inse när något var utanför hans specialområde. Vad han visste så hade man inte kunnat bevisa att det fanns liv utanför jorden, kanske var det någon gammal apa i dräkten som man skickade ut för typ 100 år sedan. En av de få saker han var säker på var att han inte hade säkerhetsklassning till att få veta... något egentligen.

Rickard tittade på figuren och sedan bort mot forskningsstationen. "Hon lär väl veta bättre, antar jag."

Clara gick håglöst runt i sin lilla forskningsstation. Hon var trött på att gå i mjukisbyxor och att håret liksom aldrig lade sig ner, trots att det var ganska långt numera. Stationen hade blivit tillräckligt stor för att få ihop en liten egen gravitation, men inte tillräckligt för att få till en vettig frisyr och hon var trött på att ha uppsatt, kollegorna på jorden hade vant sig vid att se henne så och hade slutat skratta och satte snarare skrattet i halsen. Hon tittade till sina möss som egentligen var där i forskningssyfte, men som hon numera hade lika mycket som sällskap och diskussionspartners. Alla mössen olika personligheter och självklart också egna namn. Clara hade varit här snart i ett år och forskningen pågick på många olika områden. Det viktigaste var koldioxiden som förvarades i enorma tankar tagna ur atmosfären på jorden. Basen hade blivit så stor tack vare koldioxidtankarna att de hade fått lägga sig bakom månen därför att folk klagade på att stationen syntes för tydligt från jorden och förstörde natthimlen. "Natthimlen" tänkte Clara, "jag bor i natthimlen".

Hon hörde hur någon rörde sig utanför hennes labb. Hon ryckte till och stelnade, det var månader sedan hon sett en levande person på nära håll. Luftslussen började surra och ett huvud kikade in. Det var skrotnissen.

"Tja!" sa han när han tog av sig hjälmen.

"Hej", sa hon försiktigt. Han rynkade på näsan.

"Du skulle behöva vädra lite härinne." Hon kisade mot honom och försökte avgöra om han skämtade eller inte.

"Roligt!" sa hon utan att röra en min. "Kom du hit bara för att förolämpa mig eller ville du något?" Hennes ton var snarstrucken.

"Nej, alltså se det inte så... jag försökte bara..."

"...vara rolig. Jag hajjar." Rickard tittade sig omkring i labbet som även var hennes bostad, matsal, toalett och allt annat.

"Jag har stött på en grej som jag tror du vill titta på." Clara undrade i sitt stilla sinne vad han skulle ha kunna hitta som skulle intressera henne. Men han hade inte stört henne sedan han anlände och ärligt talat var hon rätt uttråkad. "På med dräkten och kom nu!" Clara gillade så klart inte att få order, speciellt inte av honom, men ibland får man bara släppa saker. Hon hade jobbat oavbrutet i tre månader nu och var redo för ett litet avbrott. Clara tråcklade in sig i sin rymddräkt, hon var inte helt bekväm med det här med rymdpromenader, men uppskattade omväxlingen.

Rickard fick vänta på henne ibland, hon var inte van att gå i dräkten, han försökte istället småprata när han såg att hon blev lite illamående.

"Vad är det du forskar om?" frågade han. Hon var för upptagen med att hålla balansen för att rulla med ögonen.

"Allt möjligt, jag utför massa experiment åt andra forskare men min egen forskning går ut på att hitta en lösning på hur vi ska hantera all den här koldioxiden som vi flyttar upp hit. Det funkar ju inte i längden att bara bygga större lager, vi måste göra något av det." Rickard funderade en stund medan Clara försökte hålla balansen och sa sedan:

"Är det inte konstigt att vi plockar upp saker ur jorden, bränner det, bränner träd och skit på jorden för att sedan skicka ut utsläppen i rymden? Jorden kommer ju bli ihålig och krympa som ett russin och vi bara skickar ut allt i rymden." Clara stannade mitt i ett steg och tittade häpet på honom. Ett hett forskningsområde just nu var den ökade seismiska aktiviteten till följd av klimatförändringar och uttömningen av jorden. Klart det borde heta russin-effekten. Hon gjorde en mental notering medan Rickard fortsatte: "Vore det inte bättre att ändra vårt beteende än att hitta något att göra med utsläppen?"

"Du har helt rätt, du har så rätt så du anar inte. Men allt för många där nere tänker bara: " och hon fortsatte med hög och gäll röst: "JAG vill ju HA. JAG har ju RÅD. JAG har ju kämpat lite halvhårt eller haft tur och då måste JAG i alla fall få resa/konsumera/och överdriva för att visa att JAG faktiskt kan. Klart inte alla andra får, men JAG är ju annorlunda. JAG är ju SPECIELL." Rickard skrattade så han vek sig. Clara hade aldrig sett sig själv som en speciellt rolig person och log lite generat åt ljudet av hans asgarv. Hon blev också aningen orolig för att han skulle trilla av den här gudsförgätna basen men han verkade ha full kontroll. Rickard lugnade ner sig lite och försökte torka tårarna innan han kom på att hjälmen täckte ansiktet och han fick blinka några extra gånger istället.

"Vet du, jag känner minst tre såna personer! Du fick till och med rösten rätt!" han tog några djupa andetag för att lugna ner sig. "Åh-hå-hå-håhåå." skrockade han, sedan harklade han sig. "Här borta är det." Clara visste inte exakt vad hon hade förväntat sig, en underlig satellit, en buckla, kanske en liten läcka. Men inte detta. Hon föll på knä bredvid den livlösa varelsen och tappade kontakten med det vi får kalla marken. Hon märkte knappt att hon började flyta utåt, så Rickard häktade fast henne utan att säga något. Utan att hon registrerade det själv så litade hon blint på Rickard direkt.

"Först trodde jag du skämtade… men… Kan det vara ett skämt?" tittade hon frågande upp på Rickard. Han ryckte på axlarna.

"Jag vet inte, jag såg bara att han… hon… den landade här och häktade fast den. Jag vet inte hur långt vi har kommit i kontakten med andra världar."

"Vad vi vet så finns det inga andra världar." sa hon tankspritt medan hon studerade varelsen ingående. "Visst, det finns liv på andra planeter, men vi har bara hittat i princip bakterier och små märkliga djur som lever i syra. Ingenting som kan liknas vid intelligent liv." Rickard var tyst en liten stund medan Clara fortsatte att titta på varelsen, nära, hon petade försiktigt och vände på den samtidigt som hon mumlade osammanhängande.

"Så, vad gör vi nu?" frågade han till sist. Clara lutade sig tillbaka och hängde kvar på basen tack vare att Rickard höll fast henne i en hake i bältet. Hon tänkte inte ens på det.

"Det finns två alternativ här. 1.)" sa hon och höll upp ett finger i dom klumpiga vantarna. "Någon skämtar med oss, det är det mest troliga eftersom något sådant här aldrig har hänt tidigare då åker den här dockan i dina vanliga sopor eller 2.)" hon höll upp ett till finger "det här är något exceptionellt, jag behöver ta prover, men mycket försiktigt för vi vet inte vad det kan finnas för virus, parasiter, sjukdomar och allt möjligt. Det här kan vara historiens största upptäckt."

"Hur avgör vi vilken som det är då?" frågade Rickard.

"Prover. Jag måste ta prover." Hon började sprattla som för att ta sig till labbet, Rickard satte ner hennes fötter på marken. "Jag måste hämta provtagnings-grejer" sa hon och började gå tillbaka så fort hon bara kunde. I labbet hoppade hon omkring klumpigt i dräkten och hjärnan snurrade runt runt om vilka prover hon skulle ta, och med vad. Stackarn var ju dessutom genomfrusen. Hon kastade ner massa verktyg och provtagningsburkar i en påse och försökte skynda tillbaka. Hon såg Rickard på lång väg, han kom för att möta henne och se till att hon inte åkte ut i rymden i ivern.

"Har du allt du behöver?" frågade han.

"Jag vet inte, jag tror inte jag har något av det jag behöver, jag får improvisera." Clara tänkte redan på att komma ihåg varje litet ögonblick, det här skulle hon behöva återge många gånger, det var hennes största stund. Kanske, om det inte var ett skämt.

När de var 20 meter från varelsen så blev det plötsligt mörkt. Båda tittade upp och såg ett litet skepp som inte liknade något de sett tidigare, de hade självklart inte hört det eftersom ljud inte färdas i rymden, men heller inte sett det. Det lilla skeppet stannade ett par meter ovanför varelsen. Rickard och Clara tvärnitade och bara stirrade. Skeppet stod stilla och det enda som rörde sig var stjärnhimlen runt dem. Efter en stund började något röra sig på skeppet, en rund lucka öppnades och ut kom två andra varelser som såg ut som den första, de färdades enkelt i vakuumet med små raket-liknande saker på ryggen. De tittade vaksamt på Rickard och Clara och häktade sedan loss varelsen från basen. Clara försökte säga något och ta ett steg fram men Rickard hindrade henne.

"Dom vill bara hämta hem sin avlidne kompis."

"Men…" försökte Clara och höll försiktigt upp något som liknade en liten hammare.

"Lägg ner den där!" sa Rickard och skeppet var borta lika fort som det dök upp.

"Ingen kommer tro oss" sa Clara sorgset när hon låg bredvid Rickard på skrotbasens skrov och tittade upp mot stjärnorna.

"Tog du några bilder?" frågade Rickard.

"Neeeej!" kved Clara i ångest.

"Hade du inte hjälmkameran på?" frågade han roat.

"Nej, jag kanske inte tänkte på det. Hade inte du det?!" sa hon.

"Den gick sönder för ett halvår sen!" Nu skrattade han så där hjärtligt igen. Han samlade sig en aning. "Vet du vad, nu går vi hem till mig. Jag har whiskey." sa han och reste sig upp "Dessutom är det mysigare och luktar fräschare hos mig." Clara snyftade ljudligt och lite tillgjort när hon klumpigt tog hans hand med båda sina. Hon funderade om hon snabbt bara borde skynda till labbet och skriva ner varenda detalj av det hon just upplevt men kom hela tiden tillbaka till: "ingen kommer ändå tro oss, och han verkar trevlig." och gav efter.

"Ja, jag behöver sprit efter det här." sa hon sorgset när han än en gång hakade fast henne, den här gången i sitt bälte för att hon inte skulle flyga iväg. "Du har möjligtvis inte choklad?".

~ Slut ~

"Har du möjligtvis choklad?"

Liselott Lindberg

Vad hände med Alice?

Kvällen innan hade jag en konstig känsla i kroppen när jag gick och la mig, jag kunde inte sätta fingret på det. Som att jag hade glömt något väldigt viktigt eller att något stort skulle hända men jag slog bort känslan. Det hade varit en lång vecka på jobbet och det obligatoriska samtalet till föräldrarna hade bara resulterat i mer tjat om att de ville ha barnbarn och jag borde ju verkligen träffa någon. "Känner du dig inte ensam när alla andra har någon?". Det kan vara det mest sårande man kan höra. Vad skulle jag göra? Jag slog bort tankarna som så många gånger förr och somnade.

När jag vaknade var jag lugnare än jag varit på länge. Något var konstigt. Väldigt konstigt, jag blev rädd och försökte röra mig men trampade bara luft. Jag fick tag på något och drog mig närmare väggen. Var jag tyngdlös? Jag försökte öppna ögonen, men de var redan öppna, det var bara kolsvart överallt. Drömde jag fortfarande? Jag skönjde ett fönster och försökte ta mig dit genom att dra i saker på väggarna, jag visste inte vad. Ut genom fönstret såg jag en nattsvart himmel med miljarder stjärnor och... jorden? Paniken spred sig i min kropp. Jag är vanligtvis en ganska lugn person men hörde mig själv börja skrika. Jag försökte titta mig runt och en lampa tändes långsamt. Rummet var inte speciellt stort, som ett sovrum ungefär. Allt gick i samma material, ljusturkost glas. När lampan tändes successivt kände jag också att kroppen blev tyngre och tyngre, tills jag landade mjukt på golvet. Där fanns något vi kan kalla en säng och ett litet bord med en stol vid längs en vägg ut mot en korridor. De tre väggarna som inte var yttervägg var alla av glas. På kortsidan vätte glaset ut mot en korridor och var täckt av oförståelig text och diagram som rörde sig. På långsidorna såg jag andra personer som satt i likadana celler. Jag sprang fram till fönstret och knackade. I cellen bredvid satt en ung kvinna, hon hade dragit upp knäna till hakan och kramade dem krampaktigt. Hon såg rädd ut. Hon tittade på mig och log ett sorgset leende och hälsade. Hon hörde inte mina skrik. Istället fortsatte hon titta rakt fram. I cellen bortom hennes satt en äldre man, han såg ut att meditera.

På min andra sida låg en kvinna och sov. Hon såg inte ut att ha en vilsam sömn, snarare mardrömmar. Hon satte sig upp som ett spjut och såg ut att skrika, men jag hörde henne inte. Tystnaden var öronbedövande. Hon såg ut att ha blind panik och sprang fram till glasväggen som ledde ut mot korridoren. Hon sprang in i rutan ett flertal gånger och började blöda i huvudet, hon lämnade blodspår på glaset innan hon tuppade av.

Den unga kvinnan i cellen på andra sidan hade nu gömt sitt huvud i knäna och såg ut att gråta. Jag försökte knacka på glaset till den hysteriska kvinnan men hon var utslagen. Ett ljus, likt en blixt gick igenom rummet och hon såg ut att slappna av helt. Dörren öppnades i hennes cell och in kom en lång varelse. Jag kom direkt att tänka på filmen Avatar, hade James Cameron haft så rätt? Han var inte lika lång och senig, mer muskulös och inga spetsiga öron. Ögonen var stora och gröna, han såg dock inte ut att tillhöra något naturfolk och på sig hade han någon form av heltäckande uniform, han drog på sig handskar. I handen hade han ett föremål som inte alls passade in i miljön. "First Aid Kit" stod det på lådan. Han ställde ner den och lyfte försiktigt upp kvinnan och placerade henne på sängen. Sedan plåstrade han om henne med en säkerhet som fick mig att misstänka att det inte var första gången han lappade ihop en människa. Han tittade på mig när han reste sig upp och tittade även till de andra två.

Drömde jag? Nä, jag har inte så här bra fantasi, det var för detaljerat och jag hade aldrig drömt i färg. Hade jag fått i mig någon drog? Jag tänkte tillbaka men jag hade inte ätit utanför lägenheten på dagar.

Jag försökte sammanfatta läget för mig själv. Uppenbarligen hade vi blivit bortförda mot vår vilja. Vad var syftet? Inte var det pengar, för jag eller min familj hade inget att tala om, vetenskapligt? Gisslan för att intensifiera förhandlingar? Förhandlingar mellan vilka? Jag hann se en blixt sedan blev allt svart. Jag kunde inte röra mig och jag kan inte kalla det medvetslöshet för jag var medveten om att det togs på mig, att jag flyttades runt i anläggningen och man satte sensorer. Det pratades på ett språk jag inte kunde identifiera och paniken var hela tiden nära men jag hade nog fått något lugnande för paniken bröt aldrig ut. Istället slog jag upp ögonen en stund senare och var tillbaka i min cell. Jag kröp genast ihop och kände efter på kroppen. Det fanns runda symmetriska märken på båda armarna, kroppen och benen, som efter en kopp. Jag kände mig smutsig och kränkt och underläppen skakade lite. Den unga kvinnan i cellen bredvid satt nu inne i hörnet mot min cell. Jag tog mig dit och tittade på henne. Hon såg också förtvivlad ut och hade runda märken på kroppen. Jag satte mig bredvid henne, precis på andra sidan glaset och satte handen mot glaset. Hon satte sin hand mot min. Vi var två främlingar som fann och kunde ty oss åt varandra i en fullständigt ogreppbar situation. Hittills hade mina tankar tänkt kortsiktigt, jag hade varit i samma sekund, nu kunde jag lugna ner mig lite, dels för att jag satt nära någon jag kunde relatera till, dels för att det gått en stund i miljön så jag hade vant mig. Tankarna började komma igång. Kan jag komma ut? Det spelar ingen roll, jag kan ju inte direkt hoppa in i en taxi och komma hem, kan jag slå mig ut? Förmodligen inte. Hur länge skulle vi vara här? Den hysteriska kvinnan och hennes blod i cellen bredvid var borta. Var hade hon tagit vägen? Levde hon?

*　*　*

Den långa varelsen dök upp utanför min dörr och knackade på väggen. Jag försökte trycka mig närmare hörnet och tittade skräckslaget på den unga kvinnan bredvid mig. Hon såg lugn ut och nickade. Varelsen vinkade åt mig att komma närmre. Han försökte signalera något och efter några försök förstod jag att han menade "mat". Den unga kvinnan, som jag började kalla för Alice i mitt huvud för att jag mötte henne i underlandet, nickade igen. Paranoida jag funderade på om hon också försökte luras, men jag såg heller inte att jag hade något val. Försiktigt närmade jag mig väggen. Varelsen, som jag nu började kalla Jake efter han i Avatar, petade på glaset i ett mönster och på glaset dök det upp något som var alldeles för välbekant. Menyn från McDonalds, den såg precis ut som på skärmarna i restaurangerna och han pekade att jag skulle peta på glaset. Magen kurrade så för ett ögonblick glömde jag bort var jag var och scrollade igenom menyn, tanken att jag måste blippa appen slog, men så tänkte jag skit samma, det lär ju inte vara jag som betalar och tog det jag brukade ta. När jag var klar tittade jag på honom. Han var nära nu fast på andra sidan glaset, han såg skräckinjagande ut för att jag aldrig mött någon som honom, men försökte jag se bortom det så kändes han lugn och stabil. Pålitlig? Hur kunde han vara det? Jag nickade och log lite stelt mot honom. Han nickade tillbaka och gick vidare. Alice och den äldre mannen stod redan vid fönstret redo att beställa. Så många frågor. Hade dom Foodora i rymden? Klart, det kan vara svårt att inte förgifta arter man inte känner till, bäst att de får den mat man vet att de kan äta. Jake kom med maten på en bricka bara någon minut senare, han sköt in den genom en lucka en bit upp på glaset så brickan hamnade på det lilla bordet. "Tack" sa jag och log på rutin. Han nickade tillbaka och… log osäkert?

De andra hade också fått sin mat och jag gjorde en liten skål till dem genom att hålla upp hamburgaren som för att skåla, ingen av dem tittade upp. De såg båda traumatiserade och brutna ut. Istället åt de maten med avsmak som att de väntade på att bli slagna. Hamburgaren var varm och såg ut precis som på bilden, vilket var ett tecken på att den verkligen inte hade skapats på en restaurang hemma och sedan skeppats en miljard mil (eller hur långt det nu kunde vara) hit. Pommesen var perfekt krispiga och varma, det var också en anledning till att jag trodde att det inte kom hemifrån. Jag hade sagt till mig själv första gången jag vaknade här att jag ska i alla fall inte äta något, de tankarna var nu som bortblåsta då magen min kändes som ett avgrundshål av hunger. Jag kastade i mig maten och noterade till en början inte den metalliska eftersmaken.

Som på given signal två minuter senare blev jag akut illamående, jag hade noterat en metallhink i ena hörnet och sprang dit, det kände som att hela jag var på väg ner i hinken, jag såg ett par blåa ben komma springande och stannade framför mig. I ögonvrån såg jag Alice titta på mig oroligt. Nu var det mannen längst borts tur att vända sig bort. Paniken spred sig redan i kroppen av de våldsamma kräkningarna och blev värre när dörren öppnades och Jake kom in. Han satte något mot min hals och det stack till lite. Nästan ögonblickligen upphörde kräkningarna och jag kunde lugna ner mig lite och lutade mig mot glaset. Han satt kvar på huk bredvid mig och satte två fingrar på min hals, som för att känna min puls. Han signalerade att jag skulle andas in genom näsan och ut genom munnen medan han kände min puls. Hans fingrar kändes lena och svala. En kollega till honom stormade in med ett draget vapen och riktade det mot mig och skrek något. Kollegan skrek något åt honom, han backade direkt från mig, böjde huvudet mot kollegan och backade ut, utan att vända mig ryggen. Dörren stängdes med en smäll och de båda varelserna rörde sig fort ut. Det var uppenbart att Jake skulle få en utskällning.

Stanken stack mig i näsan och jag höll mig i så långt ifrån kräket som jag kunde. Jag försökte tänka på annat och hade också börjat dra upp knäna och gömma ansiktet. Jag såg i ögonvrån någon närmade sig i korridoren, Jake var tillbaka, jag nickade för att tacka honom och han nickade tillbaka. Han pekade på sängen så jag la mig ner. Innan hans finger tryckte på blixten, vinkade han lite till mig, jag vinkade tillbaka och såg blixten. När jag vaknade var cellen ren med en svag doft av citrus. På bordet stod en macka. Jag funderade en sekund på varför han inte hade sövt mig innan han gick in när jag kräktes, men kom jag på att då hade jag förmodligen kvävts och dött. Räknades det som att han hade räddat mitt liv? Eller i alla fall satt min säkerhet före hans.

*　*　*

Den hysteriska kvinnan hade inte kommit tillbaka och cellen stod fortfarande tom. Jag vet inte hur länge, det var svårt att avgöra tiden när man inte kunde gå på ljuset. Ibland satt jag och tittade ut genom fönstret på stjärnorna. Hur långt hemifrån var vi? Hur långt bort bodde våra kidnappare? Var kom de ifrån? Vad ville de med oss? När tiden gick fick jag mer och mer känslan av att det var rent vetenskapligt, de övervakade oss nära och jag hade dimmiga minnen av fler undersökningar medan jag var utslagen. Jag vaknade alltid tillbaka i min cell, med täcket på mig och ett svagt minne att någon burit mig dit.

En dag försvann Alice, jag hoppades att hon fick åka hem medan rädslan inom mig hade bara ett ord som ekade i huvudet: "Vivisektion"; när man dissekerar något som fortfarande lever. Jag försökte slå bort tankarna när Jake kom in i korridoren. Vi tittade på varandra och nickade. Han gick in i Alice cell och började städa, jag satt i hörnet där jag fått så fin kontakt med Alice tidigare, jag saknade henne. Han var lugn, metodisk och noggrann när han städade. Det fanns inte mycket annat att göra så jag tittade på honom, eftersom jag inte var rädd för honom längre satt jag kvar i mitt hörn. Jag glömde tillslut bort honom och satte handen mot glaset igen när jag tänkte på Alice. Han måste ha sett mig och kom och satte sig på huk på andra sidan. Jag blev förvånad och ryggade tillbaka, han tittade sig runt och satte sin hand mot glaset precis som Alice gjort tidigare. På något sätt kände jag mig trygg med denna lilla gest och satte försiktigt tillbaka handen. Hans hand var mycket större än min. Jag kunde inte låta bli att le, och bli lite generad. Han tittade mot dörren när någon kom in och låtsades torka av fönstret, blinkade han mot mig med ena ögat?

Det var första gången jag såg någon anlända. Personen, en man i 30 årsåldern, låg till synes medvetslös på en svävande bår som följdes av tre varelser, Jake lyfte över honom på sängen och la en filt över honom. Den äldre mannen i cellen bortom Alice cell, hade försvunnit. Det var nu bara jag och denna man här. Jake tittade på mig när han gick ut, det kändes som att han kollade att jag mådde bra, jag följde honom med blicken och ställde med blicken alla de där frågorna som jag inte kunde artikulera med ord till honom. "Vad gör ni? När kommer vi här ifrån? Varför? Snälla släpp oss!" Jake och de andra varelserna lämnade rummet, stängde dörren ordentligt och gick ut. Jag satte mig och tittade på mannen, han såg ut att sova fridfullt när ljuset än en gång gick ner och gravitationen minskade. Det var "natt" men inte enligt vår dygnsrytm, det kändes som att jag det gick tre nätter på den tiden som räknades som ett dygn här. Jag hade lärt mig att sova lite i den svaga gravitationen, men den mesta tiden tillbringade jag med att titta ut. Nätterna var lika långa som dagarna och jag spenderade mycket av dem vakna. Under nätterna tittade ingen till oss och vi fick ingen mat.

När ljuset äntligen kom på igen och gravitationen kom tillbaka vaknade mannen i cellen bredvid mig. Han blev hysterisk, han verkade ha samma reaktion som den hysteriska kvinnan hade tidigare. Han skrek och försökte klösa sig ut. Han slog på dörren. Slog på fönstret. Jag försökte vinka och lugna ner honom men han såg mig inte. Det var bara vi där. Jag försökte vinka åt sensorerna som jag antog var där och skrek också, för att få uppmärksamhet från våra fångvaktare. Jake kom inspringande, han tittade först på mig och jag pekade på den panikslagna mannen som vid det här laget hade slagit sönder händer och knogar men inte gjort ett märke på det tjocka glaset. Han skrek så att senorna i halsen såg ut att vara nära att spränga sig ut genom huden, jag hade aldrig sett något liknande. Jake tryckte på blixten och mannen föll baklänges, stel som en pinne. Hans kropp började skaka och han spände sig och hela kroppen gick upp i en onaturlig brygga och fortsatte att skaka. Efter att ha skakat till kraftigt två gånger föll mannen ihop och jag såg på blicken, han var borta. Jake öppnade snabbt dörren och försökte göra livräddande insatser men det hjälpte inte. Jake föll ihop på knä bredvid den avlidne mannen och var märkbart tagen.

Jag satt chockad på andra sidan glaset och såg det hela utspela sig. När det var klart att mannen var död satte jag mig ner på knä, Jake drog täcket över honom. Jag knackade försiktigt på fönstret och när Jake tittade upp visade jag åt honom att stänga mannens ögon som var uppspärrade i panik samt hans käke, därefter gjorde jag korstecknet. Panna, bröstet, axel axel. Jag hade aldrig varit religiös och det kan ha varit den första gången jag gjorde ett korstecken. Jag vet inte vad den döde mannen tillhörde för religion, men det kändes som att han måste få något slags välsignelse. Jake tittade på mig. Jag nickade mot mannen och visade igen att han skulle stänga hans ögon och mun samt gjorde korstecknet igen. Jake följde mitt exempel, han satte sig på knä bredvid mannen, stängde hans ögon och mun samt gjorde ett korstecken. Han tittade upp på mig som för att fråga om han hade gjort rätt, jag nickade och log sorgset mot honom. Jake lyfte upp honom och bar ut honom ur rummet.

Hade alla andra dött också när jag sov eller var borta? Jag hade aldrig sett någon lämna sin cell förut. Jag hade inte längre orken att ha panik och accepterade mitt öde för en stund. Nu var jag ensam i de fyra cellerna. Jag höll mig i hörnet där jag hade haft kontakt med Alice och Jake. När Jake städade cellen efter den hysteriska mannen blodat ner den tittade han inte på mig en enda gång. Skämdes han? Han såg tagen ut, men det kan också ha varit mitt projicerande.

*　*　*

Nästa person som fördes in i en av cellerna kom in i cellen som tidigare tillhört Alice, till en början såg jag inte bra eftersom varelserna stod tätare än vänligt, men när Jake lyfte över personen på sängen fick jag panik. Det var en liten pojke på uppskattningsvis tre år. Samma ålder som min systerson. Jag sprang fram till fönstret, sparkade och slog på det, skrek och svor åt varelserna. Varelserna sneglade lite på mig och jag såg att Jake gjorde sitt bästa för att inte titta på mig. Jag fortsatte skrika och slå på fönstret ut mot korridoren när dom gick ut. En av varelserna gick slentrianmässigt fram till min cell, tryckte på blixtknappen och allt blev svart.

När jag kom till medvetande nästa gång hörde jag ett gnällande barnskrik, någon som skriker i sömnen. Jag öppnade ögonen och befann mig i ett annat rum än tidigare, det såg ut som en ljus operationssal, jag tittade mig försiktigt omkring och insåg att jag måste vaknat tidigare ur narkosen än de hade räknat med, jag var oövervakad. På båren bredvid mig låg den lilla pojken och gnydde, han verkade sova men ha svåra mardrömmar. Bredvid honom stod en varelse hukad över honom. Varelsen var mindre än de jag hade sett tidigare, jag drog slutsatsen att det här var forskaren. Jag kände efter mina armar och ben, allt fungerade som det skulle sedan gick allting blixtsnabbt. Jag tog ett skutt av min brits, sprang fram till pojken, slet bort all utrustning från honom, tog upp honom i famnen och sprang in i ett hörn. Han slutade

　　　　　　　　　　　　　　　　　Liselott Lindberg

gny men fortsatte sova. Det stormade in beväpnade varelser i rummet och de riktade sina vapen mot mig och pojken, jag skyddade honom så gott jag kunde med min kropp. Varelserna skrek åt mig och Jake kom in i rummet, också han beväpnad. Han reagerade dock annorlunda på situationen och ställde sig mellan mig och dem, med ryggen mot mig och vapnet riktat mot golvet framför sina kollegor.

En hetsig diskussion utbröt, jag förstod inga ord, men stämningen var klar. De var rädda för oss och ville skjuta oss, Jake försvarade oss. Han tog min tröjärm och drog mig mot dörren som öppnades. Han blockerade mig och barnet med sin kropp och hela tiden talade han lugnt med sina kollegor. När dörren mot operationssalen var stängd befann vi oss i en lång korridor. Jag insåg att vårt kvarter med celler var långt ifrån det enda. Vi gick en bit bort och Jake hade stoppat undan sitt vapen när han lugnt öppnade dörren till vår lilla korridor. Jag och pojken fick vara i samma cell. Han kom snart tillbaka och signalerade genom glaset, som att han frågade om han fick komma in, jag nickade. Han gick fram till oss och gav mig en sliten nalle som pojken genast greppade i sömnen. Jake strök pojken försiktigt över huvudet med sin handskbeklädda hand. Pojken sov lugnt. Jake lämnade oss ifred och jag gnuggade försiktigt på de symmetriska ringarna på pojkens små knubbiga armar och ben tills de försvann. Jag kunde inte släppa tanken på mina syskonbarn och började gråta.

* * *

När jag vaknade nästa gång var pojken borta och paniken slog in igen. Nästa gång Jake kom i korridoren försökte jag fråga honom om pojken. Jag gestikulerade som att jag kramade den lilla pojken och så gjorde jag korstecknet. Var han död? Jake skakade på huvudet och pekade ut genom fönstret. Jag drog försiktigt slutsatsen att pojken överlevt och var tillbaka hemma, jag kunde så klart inte vara säker.

Jag hade vant mig vid fångenskapen men den började tära på mig ordentligt, jag var trött och vågade knappt äta av deras mat, sova var inte att tala om. Omgivningen började bli ett töcken och jag brydde mig inte längre om vad som hände i de övriga cellerna. När det långt senare blev natt igen så kröp jag ihop vid fönstret och stirrade ut i rymden. Kylan från fönstret var skön mot min lätt febriga hud. Jag vet inte hur länge jag satt så innan jag märkte att Jake kom in i korridoren. Jag tror inte att det fanns någon i de övriga cellerna. Han stannade utanför min cell och såg ut att gestikulera att han skulle komma in, det var nog faktiskt en fråga. Jag nickade och han öppnade dörren. Jag förstod att det var helt utanför alla protokoll. Han tog på sig ett par bomullshandskar när han gick in. Jag satt still och lutade mig mot fönstret när han sakta närmade sig, jag orkade inte bry mig längre vad dom gjorde med mig. Han satte sig bredvid mig och satte sin hand på min panna som för att ta min feber. Han tittade besviket ner, som att han förstod hur dåligt jag mådde och jag tittade ut genom fönstret igen. Han började prata lugnt med mig, jag vet inte vad han sa men det var nog någon slags ursäkt eller förklaring. Kanske berättade han något för mig. Han tystnade och strök en slinga hår som åkt i mitt ansikte bakom mitt öra. Han satte sig bredvid mig med ryggen mot fönstret och såg uppgiven ut. Han började få samma uttryck som de som hölls fångna här. Jag betraktade honom länge och instinktivt sträckte jag ut handen och smekte hans kind med baksidan av pekfingret. Hans hy var slät och sval. Han tittade på mig och det kändes som att jag skulle drunkna i de ögonen. Han tog bort min hand från hans kind och drog mig istället intill sig och jag somnade tryggt i hans famn.

Nästa gång jag vaknade var jag hemma i min säng. Jag mådde illa men kände direkt var jag var. Hade allt varit en dröm? Jag hade svårt att andas och kastade av mig täcket. Jag var tröttare än jag någonsin varit och ville bara somna om, men ville inte uppleva den drömmen igen. Istället tittade jag på telefonen som låg bredvid sängen. Den var fulladdad och visade 05:00 på morgonen dagen efter att jag hade gått och lagt mig i min egen säng efter det ansträngande samtalet med mina föräldrar. Hade ingen tid gått? Hade det inte hänt? Jag gick på toa och tittade mig i spegeln, jag såg precis så trött ut som jag kände mig och hade rasat i vikt. Jag gick på toa och när jag tvättade händerna så såg jag något blått på mitt pekfinger, jag mindes hur Jakes svala hud kändes mot mitt finger. Den blåa färgen var precis samma färg som hans hy och var där jag hade smekt hans kind. Jag tittade upp i spegeln igen, på halsen fanns märken efter två stora fingrar på pulsådern, det såg ut som en tatuering. Jag bestämde mig för att gå och lägga mig igen, jag drömde säkert fortfarande. Det tänkte jag varje gång jag vaknade den första veckan, men tatueringarna var kvar, minnena fanns kvar. De klara minnena av de som dog och de diffusa minnena av undersökningarna fick mig att skrikande sätta mig upp i sängen mitt i natten. Minnet av Jakes famn var det enda som fick mig att somna om.

~ *Slut* ~

Om författaren

Nej, va tråkigt. Jag tänker inte sitta här och författa min egen bio. Istället tänkte jag göra ett fåfängt försök att försöka inspirera. Den här boken är, precis som den förra, skriven medan jag hade ett icke relaterat heltidsjobb. Den skrevs soliga lördagsmorgnar framför datorn, sena vardagskvällar på mobilen, från sängen, på bussen, på vägen till jobbet. Det har tagit tio år och arbetet har legat nere i år emellanåt. Det är dessutom version 2. 2017 gjorde jag nästan klar version 1 men den har hamnat på den digitala tippen, nu är det nya historier som gäller.

Men om man inte ger upp så står man (inte så) plötsligt där med sin andra bok i handen. Å kan Lotta skriva två böcker så kan du göra vad som helst, det kan jag lova. Vare sig det är att skriva en bok, börja måla, lära sig ett språk, läsa 2000 böcker, försöka rädda världen, springa marathon, jogga en kilometer, sjunga, lära sig allt om fåglar eller vad det än må vara. Klart du kan. Klart du ska. Ett steg i taget, en fot framför den andra. Som Aaron säger: "Titta på nästa lyktstolpe istället för toppen av berget. Kan jag ta mig dit? Ja, dit kan jag ta mig." Ett steg i taget, tillslut når man toppen.

Behöver man bli framgångsrik och tjäna pengar/erkännande på det? Hell no. Vi gör det för dagen man själv ligger i den där sängen, 150 år gammal, omringad av nära och kära för ett sista farväl så har man inga (nåja, färre) ånger. Vad vill du titta tillbaka på? Gör det! Det är ditt liv, ingen annans. Och det är aldrig för sent och man är aldrig för gammal.

Klart du kan. Klart du ska. You can do it.

Och för att jag väljer helt själv så följer här receptet på
Lottas nudelsoppa:

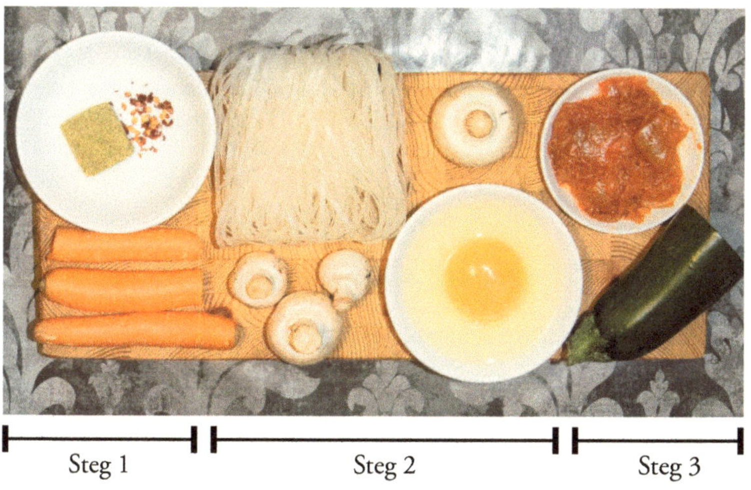

Ovan är receptet på min (av mig) omtalade soppa. Koka en halv liter vatten, peta i grönsaksbuljong, chili flakes och hackade morötter. Medan det kokar upp hacka tillexempel champinioner och succini. När buljongen kokar lägg i champinionerna, risnudlarna och knäck i det eventuella ägget. Koka tre minuter. När det är klart lägg i succini och vill du lyxa till det lägg i lite kimchi. Avnjutes med fördel i samma kastrull som man kokade det för att minska disken. Kan varieras i det oändliga efter säsong, hunger och smak.

Tack!

Ett stor tack till alla som hjälpt mig med motivation att fortsätta, vare sig det är nyfikenhet eller pepp och uppmuntran. Utan er hade den här boken hamnat på den digitala soptippen som den andra boken.

Ett ännu större tack till Tove och Micke som hjälpt mig läsa igenom allt. Alla felstavningar och konstigheter är saker jag själv skrivit dit efter dom läst. :) Stort tack! <3

Låt fler läsa boken!

Låt fler läsa boken och lämna den vidare till nästa person du tror skulle uppskatta den. Swisha (eller annan insättningsmetod som är aktuell i den avlägsna framtiden) gärna summan du hade kunnat tänka dig betala för boken till närmsta naturskyddsförening, cancerfond eller en organisation som gör något snällt för barnen tillexempel.

Vi har läst den här boken:

Namn År

Namn År

Namn År

Namn År

Namn År

Namn År

Namn År

Missa inte den första novellsamlingen ”Som Kolsyra i Bröstet” (2015). Du hittar den på väldigt sällsynta ställen samt kan köpa från min överupplaga. Kontakt mig. Eller så finns den som print on demand via Vulkan lite överallt.
ISBN 978-91-637-9928-0

För nyheter och nya projekt håll koll på:

www.makebelievestudios.se
@makebelievestudios
@makebelievestudios.se

MAKE BELIEVE STUDIOS